生命，因閱讀而大好

給大人的童話心理學

解析童話裡的人性，
66則心理學破除
愛情×職場×友誼的煩惱！

심리학이 이토록 재미있을 줄이야

著——柳惠寅 류혜인
譯——張召儀

Prologue

結合趣味與知識的童話心理學

幼時讀過的童話，長大後再看一次時，會發現當中有許多不合理的地方，就連大家耳熟能詳的〈灰姑娘〉也不例外。在故事裡，王子對只見過幾個小時的仙杜瑞拉深深著迷，並打算向她求婚。思來想去，還是覺得這種情況很難理解：對於將來要成為一國之母的人，王子必須考慮的層面應該非常多，像是性格傾向、家境狀況、聰慧與否等，但他卻突然向仙杜瑞拉傾心不已。實際上，除了美麗的容貌與遺落的一隻玻璃鞋外，王子對灰姑娘一無所知。不過，他仍然尋遍全國各地找到了仙杜瑞拉，與她攜手步入婚姻。上述的情節，從頭到尾都難以解釋。

然而，王子的這種行為，其實可以透過心理學進一步解析，也就是所謂的「月暈效應」。簡單來說，王子因為灰姑娘長得太漂亮，以至於完全未把其他條件列入考量。「月暈效應」指的是在評估某對象時，對其中某項特質的評價，連帶影響到對其他條件的判斷。

從某種角度來看，王子過於明顯和荒唐的行為，可能會讓人嗤之以鼻。但令人驚訝的是，類似的舉動在我們的日常生活中屢見不鮮。試著回顧一下自身的行為吧！在看到喜歡的藝人出來打廣告時，有沒有衝動購買過根本不需要的商品？會不會認為出身名校的人，個性一定也不錯？

大眾一般認為童話單純只是「孩子們讀的故事」，或許是因為童話配合了孩子的視角，大多以簡單的辭彙與簡短的內容構成。但就我看來，沒有一種體裁能比童話更豐富、細膩地表現出人類的心理。在童話中登場的各種角色，如實地呈現出我們在世上可能遭遇的煩惱與疑問。因此，我深信只要分析這些角色的心理狀態，就能輕鬆且有趣地揭開那些讓人感到困難的心理學。

這項新發現，來自於我生日時收到的禮物《安徒生童話全集》。在細讀書籍內容時，我不禁讚嘆連連——從小翻閱、熟知的童話故事裡，竟然處處藏有心理學知識。甚至有些難度較高的心理學法則，在故事中僅用幾行話就表現出來，讓我看完後佩服得五體投地。我似乎找到了適當的途徑，可以把心理學用饒富趣味的方式傳達給大眾。

從大學時期開始，我就思考著該怎麼做才能讓人們輕鬆、有趣地認識心理學。附帶一提，高中時的我對心理學一竅不通，直到在大學研習相關的課程後，才對此大開眼界——日常生活中每個不經意的瞬間，其實都藏有心理學概念。尤其是透過科學方法理解人心、預測行為，這樣的研究過程令人既振奮又感動。

因此，比起專業科目韓語教育，我開始花更多的時間學習心理學，從本科系畢業後，我毅然決然地再次考進心理系就讀。從那時起，我就努力地研讀心理學知識，希望日後能幫助人們輕鬆愉快地了解心理學。十年過去，現在的我在高中擔任專業的輔導教師。

任職期間，我碰上了一道難題：由於韓國高中採取學分制，而心理學被編列為選修科目，導致有些老師雖然沒有研習過心理學，卻還是要教這項課程。因此，有不少教職人員請我推薦「容易讀懂的心理學書籍」，而我也為這個問題苦惱了許久。

當然，市面上有很多優秀的心理學教材，以大眾為目標、值得一讀的心理類書更是多不勝數。不過，很少有一種類型是能讓首次接觸心理學的人不產生排斥感，而且能以輕鬆有趣的方式，最大限度地提供讀者豐富的知識。因此，在經過一番深思熟慮後，我決定利用童話角色的心理狀態，撰寫一本融合趣味的心理學書籍。為了將這個想法具體化，我花上整整一年時間調查、研究大量的資料，《給大人的童話心理學》就是在這樣的背景下誕生的。

其實，過去也有人試著藉由童話來說明心理學，但至今為止，大多都是以「精神分析」的角度做解釋。從精神分析學的立場拆解童話時，一不小心就會讓人產生「心理學＝精神分析」的偏見，或認定「心理學既艱澀又無趣」，以致於從一開始就對心理學失去了興趣。

因此，撰寫這本書時，我把焦點集中在如何讓大家讀得興味盎然，並且在接觸心理學時可以不感到負擔。

書中的每一篇內容，都會透過分析童話人物的心理狀態，以有趣的視角講解各種心理學法則。接著，再具體說明該法則與我們的日常生活有何關聯，又能如何加以運用。

例如在〈狐狸與白鶴〉的故事裡，狐狸之所以會給白鶴扁平的盤子，是因為「錯誤共識效應」，這與人們通常認為「自己的想法是正確的」有關。除此之外，書中還透過大家耳熟能詳的〈螞蟻與紡織娘〉、〈賣火柴的小女孩〉、〈白雪公主〉等二十五則童話，簡單有趣地詮釋了心理學。

這本書，我想積極推薦給第一次接觸心理學，或總是認為心理學很難的讀者。藉由這本書，一定能夠獲得心理方面的知識與全新的樂趣。此外，對於有一定基礎的人而言，我相信這本書也足以成為有趣的讀物，因為書中對童話人物心理狀態的解讀十分新鮮，而且也很實用。

若能理解人們的心意，生活品質就會大幅地提升，可見心理學與我們的日常有多麼密不可分。希望透過這本書，可以讓更多人著迷於心理學的魅力與效用。

最後，我想向協助這本書出版的所有親朋好友們致謝。

柳惠寅

目次

01

對我來說正確的事，對別人而言一定也是對的

〈狐狸與白鶴〉的錯誤共識效應

在陽光明媚的湖面上，白鶴悠閒地漫步，看見這幅情景的狐狸走上前去搭話。

「白鶴，你過得好嗎？」

「嗯，我很好。有什麼事嗎？我有點忙。」

白鶴的回應相當冷淡。其實兩人幾天前剛吵完架，狐狸雖然也心情不好，但還是溫和地說道：

「我為你準備了美味的食物，要不要來我家玩？」

「真的嗎？」

白鶴的聲音漸漸變得柔和。

「謝謝，我一定會準時赴約。」

「沿著這條路直走，我家就在櫻花樹的左邊。」

狐狸親切地為白鶴指路。

隔天，白鶴按照狐狸指的方向前去拜訪，為了享受美味的食物，他還刻意不吃早餐。才剛抵達狐狸家，一股誘人的香味撲鼻而來，讓白鶴忍不住口水直流。

「狐狸啊，我來了！」

聽到白鶴的聲音，狐狸趕緊跑去開門。

「歡迎！歡迎！」

他滿臉笑容地迎接白鶴。

白鶴坐上餐桌，面前已經擺好了食物，狐狸準備的餐點是濃湯。不過，白鶴卻感到手足無措，因為湯盛裝在扁平的盤子裡。

「快吃吧，湯裡加了很多蔬菜。」

可是，白鶴因為尖尖的長喙，根本無法喝到扁平盤子裡的湯。狐狸看到白鶴的模樣，便開口問道：

「為什麼不吃呢？不好吃嗎？」

「不，很好吃，只是我現在不太餓。」

「是嗎？那我全吃囉！」

狐狸咕嚕咕嚕地把白鶴的湯也全都喝光。

「這傢伙……真壞心！」

白鶴覺得自己好像被狐狸騙了，內心怒不可遏。

在我們熟知的伊索寓言〈狐狸與白鶴〉中，狐狸是引起紛爭的開端，他主動邀請客人來家裡，最後卻自己一個人吃得津津有味，即使被指責也是活該。就白鶴的立場而言，狐狸看見自己吃不到，還故意問：「為什麼不吃呢？不好吃嗎？」最後甚至把湯整碗端走，該有多討人厭啊！從古至今，以食物來捉弄他人都是非常可恥的行為。

可是，這整件事真的都是狐狸的錯嗎？其實，狐狸也為了白鶴竭盡所能，是他主動提出邀約，也是他一個人熬出美味的濃湯。說不定狐狸還事先用心地鋪好白色荷葉邊的桌布，甚至找來一束小蒼蘭花裝飾桌面。況且，狐狸如果真的存心刁難白鶴，故事後續當狐狸收到白鶴的邀約時，應該理所當然地拒絕才對——明明知道對方會報復，又何必自投羅網呢？不過，狐狸欣然地接受白鶴的邀請，還天真地期待白鶴會為自己準備什麼樣的料理。

從這一點來看，狐狸可能沒有想要為難白鶴。那麼，為什麼他會把湯盛在扁平的盤子裡呢？或許單純只是因為「錯覺」而已，亦即心理學的**「錯誤共識效應」**（False consensus effect）。**所謂的錯誤共識效應，指的是認為自身的想法具有普遍性，誤以為他人也會做出和自己相同的行為。**

錯誤共識效應是由史丹佛大學的李．羅斯（Lee Ross）教授與其同事們透過實驗所發現，心理學家們編造出一個情境進行實驗，內容如下：

> 你在附近的超市買完菜正準備返家。這時，突然有個人走過來問道：「你喜歡在這間店購物嗎？」你回答：「對啊，因為離我家很近，而且可以用便宜的價格買到高品質的肉類。」接著，提問的那個人告訴你：「其實我是攝影組的工作人員，現在正在錄影。」然後他問道：「我想把剛才那段內容完整地收進電視廣告裡，請問你是否同意？」

當然，有些人會同意對方的提案，也有些人會拒絕。看到這裡的讀者們，亦會根據各自的理由從二者中擇一。同意自己的發言原封不動收進廣告裡的人，對當下情況可能做出類似下列的解讀：

「我竟然要上電視了，真是太棒了！」

反之，不同意的人可能會這麼想：

「我要素顏出現在廣告裡？別開玩笑了！這副模樣在電視上曝光很丟臉耶！」

「事前不知情，回答的時候結結巴巴的，看起來一定很笨吧！」

在接受提問的人表達自身意願後，偽裝成工作人員的心理學家反問：

「你覺得其他人會怎麼決定呢？」

這時，出現了非常有趣的現象：同意廣告露出的人，覺得其他人也會像自己一樣欣然應允；不同意露出的人，認為大部分的人都會像自己一樣婉拒。

此處的重點在於，不管是哪一方，都相信自身的想法「合理」且具有「普遍性」。因此，同意在廣告上露出的人，認為其他人也會覺得這是個有趣的經驗；不同意的人，則認為其他人也會覺得這種曝光很丟臉。

這個實驗告訴我們：人類往往認為自己偏好的事物，別人也會喜歡；自己討厭的東西，別人也同樣排斥。

讓我們再回到童話上吧。狐狸以媲美擺盤師的方式妝點好餐桌、精心熬湯，卻敗在誤以為白鶴也像自己一樣，喜歡扁平的盤子。

後來，白鶴吃不到食物（從狐狸的角度來看，白鶴不是沒辦法吃，而是不想吃），而狐狸則既傷心又生氣，覺得「我準備那麼久，你竟然不吃」。於是，他順勢說了一句：「你不吃的話，那我全吃囉！」但世人讀到這個橋段，都覺得狐狸非常奸詐，並認定白鶴的報復相當合理。不過，就狐狸的立場而言，說不定覺得十分冤枉呢！

那麼，為什麼狐狸會產生「錯誤共識效應」，給白鶴和自己一樣的扁平盤子呢？原因就在於**「自我中心主義」**（Egocentrism）。卡內基美隆大學的行為經濟學教授喬治．洛溫斯坦（George Loewenstein）和博文（Boven）主導的實驗，就充分展現出這種傾向。

在實驗中，研究人員讓受試者想像一下某人在山上遇難的情景，接著再問道：「對遇難者而言，是口渴比較痛苦？還是飢餓比較難受？」這時，受試者分為兩組，一組是「為了運動準備去健身房的人」，另一組則是「運動完準備離開健身房的人」。實驗結果顯示，與前者比起來，後者有較多人回答「口渴比較痛苦」。

這項研究表明，**人類在理解他人或情況時，傾向以自身做為基準**。由此可見，每個人在日常生活裡，都是用自己的眼睛看待世界，並且以各自的價值觀做出判斷。

那麼，站在白鶴的立場上，應該如何理解狐狸呢？雖然看到扁平的盤子心情肯定很差，但白鶴可以把狐狸的行為視為無心的失誤。因此，與其在背後磨刀霍霍、準備復仇，倒不如像這樣當場說出自己的意見：

「狐狸啊，你看起來很喜歡扁平的盤子呢！但是我的喙很長，用扁平的盤子我吃不到，我比較喜歡葫蘆形的瓶子，你家有嗎？」

如此一來，狐狸可能會「啊」一聲恍然大悟，趕緊去倉庫裡翻找瓶子，把濃湯裝進裡頭，並真心地感到歉疚。

假如白鶴理解所謂的「錯誤共識效應」，然後積極向狐狸表達自身感受，或許接下來就不會出現向狐狸復仇這樣不可挽回的局面。

延伸學習

維持圓融的人際關係：留意「透明度錯覺」

人們都是用各自的觀點看待世界，因此很容易產生以自我為中心的錯覺。也就是說，不是只有狐狸才會出現這樣的行為，我們每個人都很可能犯下類似的錯誤。「不然你去路上問問看我們誰對誰錯！」、「大家不都是這樣嗎？」吵架時脫口而出的這些話，也都是源自於前述的錯覺。

與自我中心主義相關的另一個錯覺是「**透明度錯覺**」（Illusion of transparency），意指**誤以為對方很了解自己的感受與想法**。

請某個人一邊回想大眾熟悉的兒歌「造飛機」，一邊跟著旋律擺動身體，接著問他：「你覺得其他人能猜出這是哪首歌嗎？」這時，百分之八十的人都會回答：「很容易猜到啊。」不過，實際進行測驗的話，聽到節奏的人都會歪著頭表示猜不出來。因此，回答正確的比率不到百分之三十。

「認為對方當然猜得到」和「怎麼可能猜得出來」，這兩種不同的立場也都是來自於透明度錯覺。此外，有時我們會過度使用委婉的表現，然後又因對方不懂自己的心意而覺得難過，這種情況也屬於透明度錯覺。

某些人會對有聚餐邀約的另一半說：「沒關心，不必在意我，好好玩吧！」之後又生氣地表示：「看來飯局很有趣嘛！竟然一次都沒想過要和我聯繫！」其實，這些人的心裡是這麼想的：

「我希望自己看起來很瀟灑，不會限制另一半的自由，但內心難免有些介意。至少拍張照讓我看看聚會上有沒有別的異性，或是偶爾聯絡一下，讓我知道你在做什麼吧！」

有時可能會覺得假如對方真的喜歡且在意我，理應能察覺類似的細節，但遺憾的是，這種想法也屬於透明度錯覺。

如果戀人到了很晚都還沒消息，不如抱著「應該有什麼理由吧，等等可能就打來了」的從容心態；假如做不到的話，不妨事前就坦率表明自己的要求。希望減少關係中不必要的誤會與矛盾，就要好好認識這些心理現象，明確傳達出自己的心意。

02 到底要現在幸福就好，還是執著於未來呢？

〈螞蟻與紡織娘〉的延遲滿足

從前從前，螞蟻和紡織娘住在同一座村子裡，某個炎熱的夏日，螞蟻努力地收集穀物，紡織娘則在樹蔭下彈著吉他唱歌。有一天，紡織娘看到螞蟻在盛夏裡也毫不懈怠地工作，便開口說道：

「螞蟻呀，不要一直埋頭苦幹，你也稍微休息一下吧！」

螞蟻回答：「如果想幸福地度過寒冬，現在就必須忍受痛苦。」

「冬天？眼前吃的東西那麼多，有必要這麼擔心嗎？」

螞蟻在心裡感到不以為然：「你真是不懂得居安思危！怎麼可能永遠都是夏天，如果現在不提前準備糧食，冬天一定會餓死的。」

就螞蟻的立場來看，紡織娘只是一個對未來缺乏希望和遠見的可憐青年。

在不知不覺間，夏天過去了，嚴酷的冬季悄然到來。沒有提前準備好過冬糧食的紡織娘，徘徊在雪中尋找食物，最終仍然一無所獲。刺骨的寒風，讓紡織娘的意識愈來愈薄弱。

這時，紡織娘發現了一棟散發出溫暖光芒的房子，那裡正是螞蟻的家。螞蟻在夏日裡辛勤工作，如今得以在暖和的房子裡，坐擁充足的糧食舒適過冬。

紡織娘找到螞蟻家，拜託他分一點食物給自己，但螞蟻無情地把門關上，冷冷地說道：

「哼！活該！我在炎炎夏日裡汗流浹背地工作時，你在做什麼呢？悠閒地彈吉他唱歌嘛！我就說為了提前準備過冬，不應該肆意玩樂，要努力工作呀！」

在〈螞蟻與紡織娘〉的故事中，螞蟻是勤勞的象徵，因為在炎炎夏日中毫不懈怠地工作，所以能豐衣足食地度過嚴冬。螞蟻的這種行為，在心理學上被稱為**「延遲滿足」**（Deferred Gratification），**意指為了將來的滿足而推遲眼下的享受。**由於《先別急著吃棉花糖》（*Don't Eat the Marshmallow...Yet!*）一書大為暢銷，我想應該有很多人已經聽過「延遲滿足」這個名詞。

《先別急著吃棉花糖》一書的內容，是以美國史丹佛大學沃爾特・米歇爾博士（Walter Mischel）的棉花糖實驗為基礎。在這項實驗裡，米歇爾博士將四～六歲的孩子們分別帶進房間，給孩子一個棉花糖，然後告訴他們：「老師十五分鐘後會再回來，如果那時候你還沒有把棉花糖吃掉，我就會再給你一個當作獎勵。」而孩子們的反應各不相同，有些孩子在老師一離開房間後就馬上把棉花糖送進嘴裡，有些孩子則強忍了十五分鐘，最後多獲得一個棉花糖。

實驗結束後，米歇爾在接下來的十四年裡，持續觀察這些孩子的成長過程，結果有令人驚訝的發現：能夠忍過十五分鐘不吃棉花糖的孩子，在校成績比那些無法忍受誘惑的人高許多，人際關係也相對融洽，且報考大學時的SAT分數甚至平均高出兩百一十分之多。換句話說，能夠戰勝棉花糖誘惑的孩子，有較高的機率過上順遂的人生。

吃不吃棉花糖的差別，究竟是如何帶來這種蝴蝶效應的呢？

實驗中使用的棉花糖象徵的是「誘惑」，因此，忍住「想吃棉花糖的欲望」，就是所謂的「耐力」問題。孩子們為了之後能多得到一個棉花糖，必須忍受眼前棉花糖的誘惑，就像《伊索寓言》裡的螞蟻忍住夏天想休息的欲望一樣。

米歇爾的棉花糖實驗與「忍耐到底是有福的」、「不經一番寒徹骨，焉得梅花撲鼻香」、「耐心是苦澀的樹，但它會長出甜美的果實」等人生至理名言一脈相承，受到了大家的關注。此外，許多自我啟發類的書，也一再強調「延遲滿足是通往成功的鑰匙」，在教學現場的老師們更經常提及棉花糖實驗，以此激勵學生。

那麼，耐力無法培養嗎？如果在老師一離開就吃掉棉花糖，是不是一輩子都會是個容易陷入誘惑、不懂得忍耐的人呢？當然不是！有些具體的方法可以增進耐力。

這個方法，可以透過史丹佛大學名譽教授亞伯特・班度拉（Albert Bandura）及其同事的實驗來加以說明。首先，研究人員將實驗參與者分成四組，接著讓所有人都開始踩單車運動。

此時，研究人員沒有給第一組任何目標與反饋，第二組只給了目標、第三組只給了反饋，最後一組則是兩者同時給予。

這裡提到的目標，指的是「比昨天再多運動三分鐘」，而反饋則是「很好！真帥氣！腿部肌肉好像變得更結實了呢！」之類的稱讚。

實驗結果顯示，同時獲得目標與反饋的第四組，運動時間增加的幅度最大。也就是說，運動時有目標可依循，而且從周圍人身上獲得反饋時，耐力會大幅地提高。

不過，按照棉花糖實驗的結果，把生活重心放在未來、推遲眼下的幸福，真的是正確選擇嗎？蘇聯的詩人兼小說家鮑里斯．巴斯特納克（Boris Pasternak）曾言：

「人生來就是為了生活，而不是為生活做準備。」

亦即，對未來的過分準備，可能會成為眼下的浪費。

過去在某個演講節目裡，一位歌手的發言曾引起眾人的共鳴。某天早上，妹妹像平常一樣對她說：「姊姊，我把你的運動鞋穿出門囉！」沒想到卻因突如其來的事故而喪命。從此之後，歌手就決定把每一天都當成最後一天來活。

「不要為了老年時能過上舒適的生活，就忍著不喝今天渴望的美式咖啡。不要畏首畏尾，想做什麼就去做吧！沒必要存太多錢，想吃什麼就去吃。不要因為相對穩定，就執著於公務員考試或大企業招募，應該浪漫地享受人生。今天比明天更重要，別因為不知道會不會發生的未來，就虛擲了美麗的青春。」

在〈螞蟻與紡織娘〉的故事裡，螞蟻為了應對寒冬，在炎熱的夏日裡一刻也不停歇地工作。說不定日後螞蟻也會感到後悔——自己之所以過得不快樂，是因為一路以來都只為未來著想，忽略了眼下的幸福。

比起螞蟻，紡織娘更加專注於現下的幸福時光。雖然他在寒冷的冬季為了尋找食物而狼狽不堪，但他盡情享受過自己想做的事，度過了燦爛的夏日。

人生沒有所謂的正確解答。例如穆薩・阿薩里德（Moussa Assarid）在《沙漠旅行者》（*Y a pas que du sable dans le désert*，暫譯）一書中強調了當下的幸福：「二十多歲的人，沒必要擔心五十歲以後的生活。」但理查・塞勒（Richard Thaler）和凱斯・桑思坦（Cass Sunstein）則在《推出你的影響力》（*Nudge*）中寫道：「你已經在準備退休後的生活了嗎？如果還沒，就立刻把書闔上採取行動吧！」把焦點放在了未來的幸福上。

假如還未找到答案，就要努力在生活的每個瞬間覺察幸福的所在：自己的幸福究竟是現在，抑或是未來呢？

讓我們套用上述觀點，試著改變一下〈螞蟻與紡織娘〉的結局吧！

紡織娘找到螞蟻家，拜託他分一點食物給自己，但螞蟻無情地把門關上，冷冷地說道：

「哼！活該！我在炎炎夏日裡汗流浹背地工作時，你在做什麼呢？悠閒地彈吉他唱歌嘛！我就說為了提前準備過冬，不應該肆意玩樂，要努力工作呀！」

被螞蟻拒之門外的紡織娘，在寒冷、飢餓與悲傷的夾擊下，忍不住流下了眼淚。再這樣下去，真的會凍死在街上。紡織娘覺得自己的生命已走到盡頭，於是用盡全力彈著吉他唱歌。最後，筋疲力竭的紡織娘暈了過去。

這時，螞蟻家的門開了，唱出生命最後旋律的紡織娘，歌聲裡滿溢著悲傷，觸動了螞蟻的心弦。

螞蟻急忙把紡織娘搬進屋內，不久後他清醒了過來，螞蟻的妻子對他說道：

「紡織娘啊，你真是一位了不起的音樂家！多虧有你的歌聲，森林裡的昆蟲們才能在夏日裡打起精神工作，這樣特別的角色不是每個人都能勝任的。在這寒冷的冬季，可以請你待在我們家，繼續為我們演唱美妙的樂曲嗎？」

出乎意料的邀約讓紡織娘非常開心，但他仍舊對螞蟻的想法耿耿於懷。這時，螞蟻乾咳了幾聲，接著開口道：

「哼，現在想想，夏天好像因為有歌聲，所以才感覺沒那麼累了。」

紡織娘對螞蟻露出了溫暖的微笑。

那一年，紡織娘在螞蟻暖和的屋內，盡情地演奏自己喜歡的吉他，度過了幸福的冬季。

人生沒有所謂的正確解答。
假如還未找到答案，就要努力在生活的每個瞬間覺察幸福的所在：
自己的幸福究竟是現在，抑或是未來呢？

—延伸學習—

享受當下的關鍵：專注於眼前的事物

羅馬詩人賀拉斯曾說過「Carpe Diem」，意思是「別錯過眼前的機會，應該要活在當下」。但是，有很多人會沉浸於過去，或者對未來感到焦慮不安，因而無法享受眼前的事物。

那麼，「活在當下」這句話，具體應該怎麼做呢？

首先，把注意力集中在自己的身體上。換句話說，就是**慢慢地去感受自己正在做的事**，例如刷牙時仔細留意牙膏散發出的味道、刷毛觸及齒間時的感覺，以及移動牙刷時發出的聲音等。這個方法，有助於把意識的流動拉回當下。

其次，**從事一些能夠把注意力導回當下的活動**，如冥想、做料理、畫畫、關掉導航走看看新的路線、陪伴小狗、把今日的待辦事項寫下來……等等。

第三，**對自己擁有的一切心懷感謝**，試著重新感受一下那些習以為常的事物。

讓我們再回到棉花糖實驗吧！也許在這個實驗裡，重要的不是「孩子有沒有立刻把棉花糖吃掉」，而是在老師離開的這十五分鐘，孩子們做了些什麼。直接把棉花糖吃掉，然後開始摸索其他有趣事物的孩子，說不定會比一直猶豫不決、好不容易才撐過十五分鐘的孩子過得更加幸福。

03

若想順利說服他人，開頭的第一句話至為重要

〈狡猾的蝙蝠〉的錨定效應

很久以前，原本一派和平的動物王國發生了大規模的戰爭。生活在地面的野獸和在天空中活動的飛禽，都堅稱自己的力量最為強大，兩族之間的爭鬥無止無休。

眼前的形勢，讓蝙蝠開始煩惱自己應該向哪一方靠攏。

「不然就先靜觀其變好了，之後再與勝利的一方為伍！」

不過，仔細觀察一下，野獸的贏面似乎比較大，於是蝙蝠跑去找了萬獸之王獅子。

「獅子大人，請看看我，是不是長得很像老鼠呢？我也屬於野獸的一員，請讓我加入你們的隊伍裡，出一份力吧！」

獅子仔細地看了看蝙蝠，回答道：

「好吧！但你必須竭盡全力地戰鬥。」

「遵命！我一定會比任何人都還要勇猛！」

戰爭仍在繼續。飛禽嘴裡叼著石頭開始空襲，這次的情況變得對野獸不利。野獸們集體藏身樹林，躲開從天而降的石塊和木頭碎片。看到這幅情景的蝙蝠，默默地擔心了起來。

「再這樣下去野獸會輸的，該怎麼辦呢？」

於是，蝙蝠跑去找飛禽之王老鷹。

「老鷹先生，請看看我的翅膀！我也屬於飛禽的一員，請讓我加入你們的陣營吧，拜託了！」

「好吧！」老鷹仔細端詳蝙蝠的翅膀，然後答應了他的請求。

「謝謝您！」

戰爭又持續打了好幾天，野獸和飛禽都開始感到厭倦。後來，老鷹和獅子握手言和，彼此約定不再進行這種消耗性的爭鬥。

戰爭終於落幕，和平再次降臨。不過，蝙蝠卻同時遭到野獸和飛禽的排擠。

「你不是有翅膀嗎？居然利用它出賣我們！像你這樣卑鄙的傢伙，別再出現在這裡了！」獅子憤怒地說道。

「你長得像老鼠，明明就是野獸啊！但你居然騙我們自己是飛禽，我們絕對不會再和你來往！」老鷹如此說道。

聽到這些話，野獸和飛禽們都圍繞著蝙蝠厲聲斥責。

蝙蝠覺得非常慚愧，急忙逃到山洞裡去。在那之後，蝙蝠就一直躲在漆黑的洞穴裡，只有在夜深人靜時才會出沒。

人們通常認為蝙蝠象徵「背叛」，因為在《伊索寓言》裡，蝙蝠就像牆頭草一樣兩邊討好，所以這種說法不無道理。相反的，有些人認為蝙蝠只是深諳處世之道，為他加以辯護，而這種解釋也很合理。

不過，就心理學的角度來看，我認為這個故事最值得矚目的地方，在於蝙蝠的「說服技巧」。亦即，蝙蝠不曾讓第三者盲目地判斷自己的外貌特徵，而是在獅子和老鷹開口之前，就先告知對方有關自己的特定情報，這種技巧在心理學上稱為

「錨定效應」（Anchoring Effect）。

所謂的「錨定效應」，指的是**首次出現的訊息成為了「基準點」，對他人的判斷產生影響**，就像船下錨後不太會移動一樣。也就是說，**在判斷未知的事物時，我們在潛意識中很難擺脫最初獲得的資訊，經常以此做為標準**。

蝙蝠是不是從一開始就懂得「錨定效應」呢？在萬獸之王面前，蝙蝠聲稱自己長得像老鼠，而聽到該情報的獅子就忽略了蝙蝠其實長有翅膀，只以與老鼠相似的部分為基準，判斷他屬於野獸的一員。相反的，在飛禽之王面前，蝙蝠用自己的翅膀為根據說服老鷹，以致於老鷹沒注意到蝙蝠長得與老鼠相似，將他判定為飛禽。

錨定效應可以透過一個簡單的實驗來加以驗證，只要兩個人就能進行，實驗方法如下：讓其中一個人計算出「1×2×3×4×5×6×7×8」是多少；另一個人計算出「8×7×6×5×4×3×2×1」的答案，過程中不能使用紙、筆或計算機。如此一來，除了數學天才之外，大部分的人都會用直覺進行思考，通常和第二個問題比起來，多數人針對第一個問題算出的數值較低。

實驗結果顯示，參與者的答案第一題平均是512，第二題則是2,250，得出的數值

明顯比第一題高出許多。（正確答案為 40,320）

為什麼會出現這樣的結果呢？原因同樣來自於前文提到的「錨定效應」。題目中最先顯示的數字1和8，分別發揮出錨定效果，進而成為了某種基準點。

錨定效應最初由丹尼爾．康納曼（Daniel Kahneman）和阿摩司．特沃斯基（Amos Tversky）發表在《科學》（*Science*）期刊上，此後逐漸廣為人知。原本的實驗內容，是讓參加者進行幸運轉盤。雖然轉盤上寫有數字0到100，但其實指針已被提前設定過，只會停在10或65這兩個數字上。轉完轉盤後，實驗參與者將接受以下兩道提問：

1 **非洲國家加入聯合國的比例，較剛才出現的數字大還是小？**
2 **非洲國家中有百分之多少是聯合國會員國？**

第一次聽到這兩個問題時，除了該領域的專家之外，大多數人都會當場愣住，答案幾乎都是隨便猜的。而在實驗中，研究人員發現了一個非常有趣的現象。

幸運轉盤轉到數字六十五的受試者，第二個問題的答案平均為百分之四十五；轉到數字十的受試者，答案平均為百分之二十五。由此可見，幸運轉盤上轉出的數字，會對實驗參與者的回答產生影響，雖然那些數字和加入聯合國的非洲國家數量完全無關。

即使以這種方式毫無根據地給出了荒謬的起點，實驗參與者也會在不知不覺中受到影響，並依此做出最終判斷。

由於錨定效應是在潛意識中發揮作用，因此可運用的範圍相當廣，最常見的例子就是超市的行銷手法。店家在標示商品價格時，通常會故意寫高，然後再用紅線劃掉，把較低的折扣價寫在旁邊。如此一來，消費者就會以較高的定價當作基準，覺得商品便宜而下手購買。

另一個例子是政治人物的形象塑造。假設有某位政治人物在提政見時喊出「免費教育、免費供餐」的口號，雖然選民明知根本不可能實現，但仍會因為這樣的口號而產生「錨定」。也就是說，這名政治人物會給人留下致力於福利政策的印象。

此外，錨定效應也有可能被惡意濫用，像是候選人以「兵役特權」或「房地產炒作」等負面新聞攻擊競爭對手。這時，不管這些負面傳聞是事實或捏造的都不重要，因為最初的目的就是要讓選民看見競爭者的負面形象，使錨定效應發揮效果。

就像這樣，錨定效應可以讓政治人物、廣告業主或談判專家達到預期的目標，從這一點來看，故事中的蝙蝠其實是位優秀的協商高手。因為他根據野獸和飛禽各自的情況，適當地提出了基準點。

那麼，如果不想因錨定效應而蒙受損失，究竟該怎麼做呢？對應的解決之道，其實可以從故事結尾、獅子和老鷹的行動中找到。

戰爭結束後，隨著和平的到來，獅子檢視了蝙蝠不屬於野獸的原因，老鷹也細看了蝙蝠不屬於飛禽的理由。亦即，在最初接觸到的訊息當中，用「相反的觀點」來進行思考。

換句話說，在下判斷或決定時，如果想減少因錨定效應產生的失誤，就不能盲目地相信初始訊息，使其成為判斷依據；而是應該重新衡量自己掌握的情報是否正確，並思考是否還有其他觀點。如此一來，方能提高自己判斷時的準確度。

—延伸學習—

設有預期目標時，不妨活用錨定效應

錨定效應在很多領域也意外地具有影響力，連最應該追求公正的法庭判決亦然。人們通常認為裁判經過嚴謹的程序，藉此產出客觀的結果。換句話說，所有細節都記載在法律條文上，照著執行不就好了嗎？

不過，從以下實驗來看，情況並非如此。將一百五十八名法官分成三組，同時給他們看一般求刑五年以上的強制性交罪案件。此時，第一組的檢察官向法官求刑兩年、第二組的檢察官求刑十年，第三組的檢察官則沒有提出任何量刑的要求。那麼，裁判的結果究竟會如何呢？

針對求刑十年的第二組和沒有任何量刑要求的第三組，法官做出的判決平均為五十七個月，兩者的結果相差無幾。但是，針對求刑兩年的第一組，法官給出的判決平均為四十二個月，與其他兩組相比有極大的差距，刑期足足少了一年多。

事實上，檢察官提出的兩年刑期在法律上根本低到不可思議，但法官卻受到了影響。因此，為了不讓自己的主觀判斷被錯誤的訊息動搖，我們必須隨時注意這種「錨定效應」。

當然，也可以反過來善加利用這一點。假設生活費的掌握者是配偶，當自己想買某樣東西時，就可以試著運用錨定效應。例如刻意先告訴對方提高過的金額：「我想買新的遊戲機，聽說是五十萬韓元。」如此一來，對方肯定會拒絕，但答不答應其實無所謂，反正那不是真正的價格，只是為對方建立一個基準而已。接著，過幾天再告訴對方：「同樣的商品在二手市場降到十萬韓元耶，便宜四十萬的話，幾乎就是賠本賣了！」雖然無法保證這麼做就能獲得想要的東西，但至少提高了一點可能性。

04

人愈多，就愈沒有人伸出援手

〈賣火柴的小女孩〉的旁觀者效應

時近歲末的寒冷冬季，一名少女在雪花紛飛的暗夜街道上來回踱步。家境清寒的她衣著單薄，腳上連鞋子都沒有穿。其實，少女原本穿了母親的鞋子出門，那雙鞋比她的腳要大上許多，為了閃避飛馳而過的馬車，鞋子掉在了路上。雖然她四處找尋，其中一隻鞋仍然不見蹤影，而好不容易找到的那隻也被某個男孩搶走了，少女只好赤腳走在刺骨的寒風裡。

少女破舊的圍裙裡裝滿火柴，另外還有一把握在手裡。在街上兜售了一整天，卻沒有一個人停下來購買，少女又冷又餓，身體瑟瑟發抖，像在爬行一般地緩緩前進。雪花一片片地落在她過肩的金色長髮上，但少女依舊面不改色。

家家戶戶透著溫暖的燈火，街上瀰漫著烤鵝肉的香氣。那日正好是一年的最後一天，少女當然也知道。

她蜷縮著身子，跪坐在屋簷下的一個小角落，就算把小腿墊在臀部下方，也難以抵擋襲捲而來的陣陣寒意。即便如此，少女還是沒想過要回家，因為今天一根火柴都沒賣出去，沒有錢可以帶回家。如果被父親發現，一定會狠狠捱一頓揍。

童話故事的背景，正好是一年的最後一天。通常年末都會舉辦各種活動，街上人山人海，氣氛非常熱鬧。特別是聽得到歲末鐘響的景點，人潮更是擁擠到只能被推著前進。就在那樣的日子裡，可憐的小女孩光著腳，一整天都在兜售火柴，卻沒有人出手相助。

讀到這個童話時，很多人會認為：「怎麼可能？作者是不是為了突顯小女孩的淒涼，所以刻意誇飾？」事實上，這種情況真的有可能出現，原因就來自於心理學的**「旁觀者效應」**（Bystander Effect）。究竟何謂「旁觀者效應」，為什麼會讓賣火柴的少女在寒冷的冬天裡孤立無援呢？

旁觀者效應，指的是**目睹困境的人愈多，實際站出來幫忙的人反而愈少，因為大**

家都覺得「就算我不行動，也一定會有人伸出援手」。

一九六四年三月發生在美國住宅區的一起兇殺案，就是旁觀者效應開始受到研究的契機。當時一名叫做吉諾維斯的二十八歲女性，在深夜結束工作後，於返家途中在自家公寓前遭到搶劫殺害。這起事件有個令人震驚不已的事實——嫌犯在追殺被害者的那三十五分鐘，用刀攻擊她至少三次，且足足有三十八名公寓住戶目睹了案發過程。

在市民們竊竊私語之際，嫌犯曾警覺地躲起來，後來因為沒有任何動靜，於是嫌犯又放心地轉頭回來追擊被害者，用刀將她刺傷。這段期間，沒有任何一個人主動報警，直到被害者身亡後，才終於有人聯繫警察。

這起事件為美國社會帶來極大的衝擊，理由不在於嫌犯殺人，而是「為什麼正當守法的市民當中，竟沒有一個人報警」。

俄亥俄州立大學的心理學家比布·拉塔內（Bibb Latané），進行過一項與旁觀者效應相關的實驗。研究者請參加實驗的大學生們填答問卷，並告訴他們自己會在問卷時間結束後再回來。接著，研究人員透過未上鎖的組裝式拉門前往隔壁房間。幾分鐘後，大學生們會聽到隔壁房間傳來嘎吱嘎吱的聲響、椅子倒下的聲音、人摔倒在地的重響，以及某位女性痛苦的慘叫。這些聲音，任誰聽了都會意識到有不好的事正在發生，但其實這是研究者們事先錄好的音效。

研究人員藉此實驗，觀察有多少大學生會實際採取行動來幫助受害者。結果顯示，當獨自一人待在房裡時，有百分之七十的大學生起身前往隔壁房查看；但和其他人在一起時，只有百分之二十的人打算伸出援手。這項研究指出，在某人需要幫助的情形下，如果還有其他人在場，人們實際提供幫助的行為就會明顯減少。

實驗結束後，研究人員訪問了聽到聲音後也沒有任何動作的大學生們，他們的回答是：**因為在場的其他人沒有反應，所以自己以為情況並不嚴重**。但其他沒有採取動作的人，其實也抱持著類似的想法，這就是**旁觀者效應發生的原因——多數人的無知與責任分散**。

試想一下，假如有人在街上暈倒，自己通常會產生什麼樣的想法？「是心臟麻痺的緊急情況嗎？」、「這個人喝醉了嗎？」、「需不需要幫忙？」、「若靠近對方，最後反而被誣賴的話怎麼辦？」……接著開始觀察周圍的人。這時，周遭的人如果沒有採取任何行動，我們就會覺得「大家看起來沒有動作，應該不是危急情況」，然後就像什麼事都沒發生一樣，毫無作為。事實上，**當我們在觀察他人的同時，他人也在觀察我們的反應，這種情況就是所謂「多數人的無知」**。

而**「責任分散」，就是在心裡暗自覺得「其他人應該會做」**，如同「就算我沒向少女買火柴，其他人也肯定會買」一樣。可是，如果每個人都這麼想，最後就不會有人向少女伸出援手。因此，在某個人需要幫忙時，「就算不是我，也一定有人會～」的想法，並不是健康的態度。

那麼，身處危機中的人若想避免「旁觀者效應」，具體應該怎麼做呢？首先，**要讓他人感受到「眼下情況危急」**。從童話中可以看到，少女雖然在寒冷的天氣裡打赤腳賣火柴，但臉上一直都「面無表情」。在大街上行走的人當中，肯定有人覺得：「要不要幫一下少女？」且或許大部分人都這麼想過。可是，少女維持面無表情的姿態走在街上，很可能讓人產生「啊，情況沒有危急到需要我幫忙」的想法，以致於沒有伸出援手。

第二種方法，是**與其向不特定的多數人求助，不如指定某個人請求幫忙**。換句話說，少女與其喊著「賣火柴，來買火柴吧」，不如用「那位戴著紅色圍巾的先生，請你買一點火柴吧……」來代替，呼喊特定的人物予以請託。

在進行心肺復甦術的急救課程時，也不會教大家喊：「請幫我拿去顫器過來，快打一一九報案！」而是要指出特定人物：「那位穿藍色背心的先生，請幫我拿去顫器過來；那位穿黃衣服的小姐，請協助撥打一一九報案！」因為這種做法獲得幫助的可能性更大。

此外，阻止旁觀者效應的第三種方法，在於**知識的作用**。意即，處於相同情境下，通曉旁觀者效應者採取行動的機率，會比完全沒聽過這項理論的人來得高。換句話說，正在閱讀本文的朋友們，因為明白了旁觀者效應的影響，就更有可能站出來付諸行動。看見某人遭遇困難時，與其想著「總會有人提供協助吧」，不如以「我先幫忙」的態度伸出援手。如此一來，肯定會有第二個、第三個人勇於跳出來幫忙。

看見某人遭遇困難時，
與其想著「總會有人提供協助吧」，
不如以「我先幫忙」的態度伸出援手。

—延伸學習—

即使當不了英雄，也要做個樂意助人者

如今，旁觀者效應也出現在社群媒體上。英國ＢＢＣ電視台的某位記者，在個人推特上傳了一張照片，這張照片乍看之下，是一位金髮女子坐在地鐵座椅上沉睡——不過，在那位女子的腳邊，整盤披薩撒落一地。這則貼文足足有兩萬多人轉發，留言大多是「腳下那些披薩好像還可以吃？」、「那女生是準備上班還是剛下班？」等，幾乎沒有人關心她究竟是睡得很沉以至於把披薩打翻，還是根本已呈現暈厥狀態。拍攝該照片的記者也不例外，他最先做的不是確認對方的健康狀態，而是拍照上傳到社群網站。

此外，在網站上閒逛時，經常可以看到需要代為報案或給予協助的貼文或影片。不過，當我們懷著擔憂的心打開底下的留言欄時，就會發現有很多人寫到「這應該是串通好的惡作劇」，或者「如果是真的，早就有人報案了吧」。於是，我們就收起忐忑不安的心，直接跳到下一則動態去。這樣的行為，其實也算是旁觀者效應。

不過，最近也有研究認為旁觀者效應可能不成立。據英國蘭卡斯特大學的研究團隊指出，在記錄了暴力行為的監視器影像中，百分之九十的案件都至少有一人站出來提供協助。因此，研究團隊們認為：如果有旁觀者存在，反而會增加某人出手介入的機率。換句話說，周圍的人愈多，有能力或有意願幫忙的人就愈多。

歸根究柢，重點在於幫助他人的心和意願。即使法律沒有明文規定，也一定有人願意對他人提供協助。在某人遭遇困境時，就讓我們率先伸出援手吧！唯有社會上充滿互助的風氣，當自己需要幫助時，才更容易找到幫手。

05

比起肉體上的飢餓，心靈上的匱乏更痛苦

〈白雪公主〉的接觸安慰

透過魔鏡確認白雪公主還活著的皇后，製作了一把沾有毒藥的梳子。接著，她再次喬裝打扮，前往白雪公主與七矮人居住的房子。

「來買把梳子吧！梳一下就能讓秀髮變得亮麗又有光澤！」

喬裝成商販的皇后，在門外不停地叫賣。

「小姐，這種梳子非常珍貴，市面上很難買到的，可以將您的秀髮梳理得更加動人哦！」

白雪公主猶豫了一會兒，覺得不該懷疑如此親切的老奶奶，便為她開門。

「奶奶，快請進！」

老奶奶一臉笑咪咪的，馬上走到白雪公主身邊。

「小姐，您真漂亮！我可以親自為您梳頭嗎？」

她一邊摸著白雪公主的頭髮，一邊溫柔地說道。

白雪公主的心情很好，於是就按照老奶奶說的，讓她為自己梳頭。

偽裝的皇后走到白雪公主身後，開始用梳子梳她的頭，沾在梳子上的毒滲入白雪公主的體內，白雪公主立刻就暈了過去。皇后看到公主倒下後，便興高采烈地返回宮殿。

七個小矮人結束工作後，回到家中看到白雪公主昏倒在地，全都嚇了一大跳。幸好，其中一位矮人發現公主頭上的梳子，趕緊把它拔下來。白雪公主深吸一口氣，緩緩地睜開眼睛，這才向小矮人們說明了整件事的來龍去脈。

「不是說過不管對方再怎麼親切，都不可以開門讓他進來嗎？看來你又忘記了！」

「皇后這次沒能成功，下次肯定又會喬裝打扮，想盡辦法害你，千萬不能再為陌生人開門了！」

白雪公主向小矮人保證，自己以後絕對不會再讓陌生人進門。

童話中的白雪公主，好幾次都驚險地逃過鬼門關。剛開始差點被皇后買通的獵人殺死，所幸獵人心生憐憫，才放白雪公主一條生路。這段情節安排，讓不少人猜測最愛白雪公主的可能不是王子、也不是小矮人，應該是獵人才對。因為他拿野豬的心臟回去向皇后交差，假裝那是公主的心臟，是童話裡唯一一個為白雪公主賭上性命之人。好不容易逃過一劫，公主應該更加珍惜自己的生命才是，不過她卻完全相反，總是隨隨便便就替陌生人開門。

寄住在小矮人家時，白雪公主因為緊勒的絲帶和沾有毒藥的梳子，連續兩次死裡逃生。矮人們苦口婆心地叮囑她「千萬不要替陌生人開門」，但白雪公主總是犯同樣的錯；最後，她掉進皇后設下的陷阱，一口咬下毒蘋果，就此陷入沉睡。

為什麼白雪公主每次都會開門呢？原因或許正出於「孤獨」。試想一下，白雪公主整天都獨自待在七矮人的家裡，肯定會感到寂寞。因此，當陌生人來訪時，她可能一時開心就放下戒心，為對方開門——換句話說，白雪公主需要與人「接觸」。

威斯康辛大學哈里・哈洛（Harry Harlow）教授的**「接觸安慰」**實驗，便透過心理學充分證明了接觸的重要性，以下我們就來看看這項實驗的契機。

第二次世界大戰時，有許多人淪為戰爭孤兒，而義大利的某間育幼院，就負責接收、扶養受難的孩子。這間育幼院因為領有政府補助，在設施或餐點方面，都比民間育幼院更加完善；此外，院方還非常重視衛生，特別採取隔離方式養育孩子。

不過，院內卻出現了奇怪的現象：和環境惡劣的民間育幼院比起來，在這間育幼院成長的孩子不僅死亡率高，即使僥倖生存下來，孩子在身體和精神方面的發育也顯得異常遲緩。

為了找出背後原因，哈洛教授利用猴子進行一項實驗。他把剛出生不久的小猴子與母親隔離，然後給牠們一個「用鐵絲製成的媽媽」和「用布做成的媽媽」。前者身體的部分也是用鐵絲纏繞而成，摸起來觸感不佳，但胸前掛有奶瓶，讓小猴子肚子餓時可以喝；相反的，用布做成的媽媽觸感溫暖，但胸前沒有奶瓶，無法提供小猴子任何食物。

乍看之下，食物是生存的必要條件，小猴子理所當然會黏在鐵絲媽媽身旁吧？可是，實驗結果卻出人意料：小猴子一整天都緊緊抱著用布做成的媽媽，甚至連肚子餓時也不願離開，只用嘴巴靠近鐵絲媽媽胸前的奶瓶，藉此填飽肚子。更令人驚訝的是，當小猴子聽到巨大的聲響，或是感受到可怕的威脅時，就會奔向用布做成的媽媽。

在一九五〇年代展開這項實驗之前，人們一直都認為嬰兒之所以依附母親，是因為「媽媽能夠解決孩子的飢餓問題」，所以又被稱為「**櫥櫃理論**」（Cupboard Theory）——意即**孩子將母親視為提供食物與養分的櫥櫃，單純是為了生存才產生依戀關係**。

不過，藉由哈洛教授的猴子實驗，可以看出櫥櫃理論的侷限性。同時，這項實驗也證明了在富足、乾淨的育幼院中，孩子死亡率居高不下的關鍵，正是因為「缺乏充滿愛意的接觸」。

與某人接觸、撫摸或擁抱，這樣的行為相當重要，但實際上卻不容易。因此，某些團體還會舉辦相關的活動，最具代表性的就是「自由擁抱運動」（Free Hug）。活動進行的方式非常簡單，由某個人舉著寫有「Free Hug」的牌子，當路過的人請求擁抱時，就大方給予回應。

據說，這項擁抱運動，最初是由一位叫傑森．亨特（Jason G. Hunter）的美國人所發起，因為他發現出席母親喪禮的人，全都異口同聲地表示：「過去你母親給我的擁抱，成為了厚實的安慰與力量。」這些回饋讓他獲得靈感，開始推行自由擁抱運動。隨後，澳洲人胡安曼（Juan Mann）將活動影像上傳到 YouTube，該運動便迅速擴散到全世界。

讓我們再回到白雪公主的故事上吧。白雪公主出生不久後便失去了母親，也就是說，她從來沒有感受過母親溫暖的懷抱。此外，由於父親是一國之君，沒有什麼時間親自照顧女兒，而侍女們則因身分上的差異，很難輕鬆自在地與她相處——就像義大利那間育幼院一樣，皇宮只為白雪公主提供了乾淨的環境與豐足的飲食。後來，國王新娶的皇后嫉妒白雪公主，總是想置她於死地。公主為了躲避皇后追殺，逃到七矮人的家裡暫住，可是小矮人們一大早就出門工作，直到深夜才會回來⋯⋯這段期間，公主只能一個人待在家裡。

讓我們站在白雪公主的立場上思考看看，在這種情況下，假如有人懇切地上門拜訪，自己會是什麼樣的心情？某個人願意與我說話、希望和我接觸，而且此刻就站在門外⋯⋯我們真的能夠無動於衷嗎？恐怕很難。因為幼年時若未能從他人身上獲得充分的接觸，長大後仍會渴望那種感覺。

那麼，當我們發生身體接觸時，為什麼在心靈上會感到安定呢？答案可以從生物學中找到。人的皮膚上有一種東西叫做「C神經纖維」，這種神經纖維在發生身體接觸時最為活躍，當訊息傳達至大腦的島葉（Insula）時，就會促進腦內啡分泌，進而使我們的心情變好並趨於穩定。因此，在心理學上，「接觸」不僅僅是單純的「觸碰」，也被稱為「接觸安慰」。

由此可見，白雪公主總是為陌生人開門，並不是因為她太傻或太天真，而是極為渴望從他人身上獲得接觸安慰。

—延伸學習—

因他人而受傷，也因他人而治癒

法國哲學家尚－保羅．沙特（Jean-Paul Sartre）曾說過：「他人即地獄。」心理學家阿德勒（Alfred Adler）也提到：「人類所有的煩惱，都來自於關係。」換句話說，因人際關係而受傷是必然的，除非我們生活在無人島，否則一定會有來自人際關係的創傷。

如果想避免傷害，是不是只能與他人斷絕關係、獨自生活呢？不是這樣的。因為比起一個人孤立，與他人交往會讓我們的生活更加豐富多彩。

首先，若能與他人建立有意義的關係，會比沒有任何人際往來者更為健康和長壽。據健康心理學家羅伯茲的研究，無論夫妻倆如何「相愛相殺」，罹患癌症、憂鬱症或流感等疾病的機率，都比獨自一人時來得低。

此外，心理學家西蒙娜．施納爾（Simone Schnall）曾在一項研究中，請受試者們從陡坡上走下來。受試者共分成兩組，其中一組是單獨行走，另一組則是和朋友結伴同行。接著，研究人員請所有受試者推測山坡的傾斜程度，而實驗結果顯示，獨自行走的人估出來的坡度，比結伴同行者還要更陡。

那麼，只有對自己有意義或親近的人，才得以產生幫助嗎？其實不然。就算是初次見面，我們也可能試圖依靠對方。心理學家菲利普．津巴多（Philip Zimbardo）為了證明前述假設，將參與實驗的受試者分成兩組，並預告其中一組將接受讓心情愉快的電流刺激，而另一組接受的電流刺激則會導致心情沮喪。最後，研究人員調查受試者在等候期間，是選擇一個人待著，還是和其他人一同度過。結果發現，得知自己將接受負面電擊的人，就愈傾向和他人待在一起。

類似實驗一再指出，當人們處於孤獨或艱困的環境時，與不熟識的某人一同承擔，也好過一個人獨自面對。

06

為什麼我支持的隊伍每次都輸？

〈清晨的公雞與農夫〉的錯覺相關

「咕咕咕！咕咕咕！」

一到清晨，公雞就會放聲啼叫，農場的一天也正式展開。農夫們起床打掃院子，準備進行今天的工作。

然而，在這座農場裡，有一名非常懶惰的農夫。

「哎喲，好睏！討人厭的早晨又來臨了，真希望太陽永遠不要升起，讓我好好睡個夠！」

懶惰的農夫每天早上起床時，都會如此抱怨。

「有沒有什麼方法讓早晨不要到來？」

懶惰的農夫在灑掃院子時，瞟了一眼那隻晃過來又晃過去的公雞。

「討厭鬼！每到清晨，那傢伙就帶頭叫個不停。」

接著，他突然浮現一個不可思議的想法。

「假如……把那傢伙殺掉的話，黎明就不會來了！」

懶惰的農夫啪一聲拍了膝蓋，看起來興高采烈。

那天晚上，他偷偷把公雞拉到樹林裡。

「我最討厭天亮了，但你這傢伙老是大喊大叫地把太陽喚來，所以你必須得死。」

公雞嚇了一大跳，於是對農夫說道：

「太陽不是我喚來的，我只是比其他人勤快一點而已。」

「我不想聽！」

農夫殘忍地扭斷公雞的脖子，將牠殺死了。

「現在天不會亮了，盡情地睡一覺吧！」

農夫甩一甩手，接著便走進房裡睡覺。

第二天清晨，農場的公雞悄無聲響。雖然大夥都很好奇公雞為什麼沒有叫，但他們還是起得很早，勤奮地投入工作。

只剩懶惰的農夫還呼嚕呼嚕地沉浸在夢中，因為他相信公雞已被殺死，黎明一定不會到來，所以睡得非常安穩。而其他人一直沒看到懶惰的農夫，於是決定前往他的房間查看。

「你這個懶惰鬼！日上三竿了還在睡，快點起來！」

眾人敲醒了遊走在夢中的懶惰農夫。農夫揉了揉眼睛後坐起來，歪著頭感到困惑。

「嗯？天亮了嗎？真奇怪，明明沒有公雞了，怎麼會……」

懶惰的農夫不經意地喃喃自語，農場的人們聽到後大吃一驚。

「你說什麼？我們居然現在才發現……原來是你這懶惰鬼殺了公雞！」

「難怪今天早晨沒聽到公雞的叫聲！」

「可惡，你這懶骨頭！看我怎麼教訓你！」

眾人開始追打懶惰的農夫，把他逐出了農場。被趕出去的農夫一邊哭泣，一邊自言自語道：

「啊，原來扭斷公雞的脖子，黎明也還是會來啊……」

童話中的懶惰農夫，以為「公雞喚來了黎明」，所以決定殺死公雞。實際上，日升日落是因為地球在轉動，並不是因為公雞的啼叫。換句話說，懶惰的農夫把彼此毫不相關的公雞和日出連在了一起。

看到農夫的行為，我們可能會嘲笑他愚蠢，但其實我們也經常做出類似的舉動。例如某位學生在學校被老師抽檢服儀，就脫口說道：「怪不得我早上踩到狗屎，運氣真差！」踩到狗屎和服儀檢查沒有任何關聯，但當事人卻認為是「因為我踩到狗屎，所以才被老師抓到」。

就像這樣，明明兩個事件沒有絲毫關係，但我們卻誤以為兩者有所關聯，這種現象在心理學上稱為**「錯覺相關」**（Illusory Correlation）。

讓我們試著把「錯覺相關」的概念套用到俗諺中看看。韓國有句俗語叫「烏飛梨落」，實際上烏鴉飛走和梨子掉落一點關係也沒有，但人們依然認為梨子之所以會掉落，是因為烏鴉飛走的關係。

此外，還有人會說：「每次看球賽，我支持的隊伍就一定會輸。」這是相當典型的錯覺相關。其實，觀看比賽和球隊輸球完全無關，但人們依舊會覺得是「因為我看了比賽，所以球隊才會輸」。假如那場比賽又剛好是國際大戰，那麼對方踢進一球時，「因為我」的罪惡感就會更加嚴重。最後，甚至下定決心「為了國家，我還是不要觀賽好了」，就像認為「公雞喚來了黎明」，所以選擇把公雞殺死的愚蠢農夫一樣。事實上，觀看比賽與否，和支持的球隊能否贏球沒有任何關聯。

在日本動畫《Keroro 軍曹》的主題曲裡，也可以找到錯覺相關的例子：「好不容易洗好車，就一定會碰到雨天；每次出去郊遊，就會突然下起雷陣雨；急急忙忙跳上公車，就會發現搭錯了方向；走到斑馬線前面時，號誌就一定會轉為紅燈。」雖然洗車和下雨是兩件不同的事，但我們經常用「只要洗車就一定會下雨」的方式，把兩個事件連結起來。同理可證，我們時常掛在嘴邊的「水逆」或「莫非定律」，也可以說是錯覺相關的一種。

某位電視節目主持人出了名地有潔癖，在他身為運動選手的時期，也可以找到許多錯覺相關的事例。據說他在參加比賽之前，會抱著參戰將士的心情把家裡全部打掃一遍，而這樣的習慣總是反覆出現，不知不覺就演變成了潔癖。某個節目曾公開他的日常生活，不僅飲料的擺放一定要看得到保存期限，連化妝品的開口都要朝同一方向陳列。

嚴格來說，不管化妝品的蓋子朝哪一個方向，都不會影響到比賽結果。但是，如果某天化妝品排列整齊，剛好就在賽場上取得了好成績；而化妝品排列凌亂時，球隊就恰好慘敗——那麼，從此以後「化妝品」就不單純只是化妝品了，而是祈禱自己獲得勝利的一種儀式。

另外，對少數族群的刻板印象和偏見，也可能來自錯覺相關。心理學家漢密爾頓（Hamilton）和吉福德（Gifford），就曾做過一個與此相關的實驗。

研究人員告訴實驗參與者，目前有隨機編列的A和B兩組。A組共有三十名成員，B組為十五名，並且有如下的良好與不良行為。

・A組成員有二十種良好行為和十種不良行為。

・B組成員有十種良好行為和五種不良行為。

接著，研究人員將寫有不良行為與良好行為的事例，不分組別與順序地念給受試者聽，然後請他們評價這兩組成員的性格。雖然前面已告知受試者兩組表現出的好壞行為比例都是二比一，但實驗參與者仍表示：成員數少的B組，比人數多的A組犯下更多不好的行為。

換句話說，實驗參與者只因為B組是少數，就對他們做出負面評價。事實上，集團人數少和做壞事之間沒有任何關聯，但受試者把兩件事串在一起，最後產生了錯覺。從這個實驗中可以得知，人們對少數族群有多容易形成偏見。

讓我們把實驗結果進一步延伸到日常生活裡吧！在韓國有「金女士」一詞，原本是指開車不熟練的女性，但隨著時間流逝，這個詞也被用來形容缺乏素養的女性駕駛。之所以會有這種說法，是因為過去女性駕駛的人數大幅低於男性駕駛。亦即由於女性駕駛是少數群體，所以讓人覺得她們犯下的失誤會比男性更多。追根究柢，對女性駕駛的偏見，其實也可以說是源自於錯覺相關。

那麼，為什麼我們的大腦會產生錯覺呢？原因正出自於**人類想要掌控局勢的心**。

人類渴望控制局面的心非常強烈，例如我們在玩擲柶遊戲*時，拋出木棍前經常會大喊：「五！五！五！」因為開局就擲出五步的話，可以在棋盤上奪得先機。就像這樣，我們連在瑣碎的事物方面，也會想控制局勢。

* 韓國具代表性的傳統遊戲，將四支木棍當成骰子使用，按照拋出後的正反狀態，決定棋子走的步數。

哈佛大學心理學教授艾倫．蘭格（Ellen Langer）以老年人為對象，試圖進一步了解這種渴望對健康所產生的影響。首先，她將長照機構裡的老人分成兩組，並對其中一組表示：「我們會全權為您妥善管理。」限制了老人的自主性；相反的，另一組則是讓老人直接參與機構營運，賦予他們自主的空間。三週後，研究人員再針對兩組受試者的健康狀態進行比較。

結果顯示，直接介入設施營運，得以行使控制權的老人們，不僅表情變得較為明朗、身體活動量增加，對機構的滿意度也較高。反之，自主性受到限制的老人們，在各方面表現出的數值皆不甚理想。

該實驗指出，當人們認為自己具備或擁有控制局勢的能力時，對生活的滿意度就會提高。

然而，就算沒聽過艾倫的實驗，在日常生活中，我們也能輕易感受到控制權的重要性。試想一下，假如你在等公車，卻不知道公車什麼時候抵達，這種感覺有多令人焦躁，相信不用說明大家也能體會。

透過迄今為止的分析可以發現，當某件事發生時，人類就會尋找該事件的源頭，然後促成（或防止）未來再出現相同的情境。童話中懶惰的農夫為了不讓太陽升起而殺死公雞，或是人們為了考試及格而不喝海帶湯*等行為，其實都是出自於控制局勢的欲望。

總的來說，**錯覺相關會因控制欲而啟動，讓人誤以為偶發事件在自己的掌控之中，藉此帶來心理上的安全感**。不過，如果錯覺相關往消極的方向運作，就可能演變成「不祥的預兆」，讓我們陷入焦慮。此外，在評價他人時，錯覺相關也會引發刻板印象或偏見，必須格外地留意。

但是，如果反過來利用錯覺相關，則有助於控制不安的情緒。例如覺得不幸的事件接連發生時，比起感嘆自己「天生運氣不佳」，不如想想這一切都只是「我的錯覺相關而已」。換句話說，我們只是把彼此無關的事件連在一起，並且進一步賦予了意義。

在股票投資者中，有不少人認為自己只要一入手，股價就會開始下跌。事實上，

* 海帶煮熟後口感滑溜，引申有滑倒、落榜之意。

購買股票和隔天股價下跌沒有任何關聯，但隨著虧損經驗的累積，就會產生錯覺相關，認為「只要我進場股價就下跌，賣掉又立刻上漲」。因此，若能掌握錯覺相關的運作模式，日後就可以更加從容地應對。

如果錯覺相關往消極的方向運作，
就可能演變成「不祥的預兆」，
讓我們陷入焦慮。

—延伸學習—

人際關係不是「因果」，而是「互相」

為什麼不是「錯覺因果」，而是「錯覺相關」呢？因為相互關係與因果關係的意義並不相同。在心理學上，了解這兩者的差異非常重要。

所謂的「相關」，指的是兩個對象相互關聯，亦即當存在兩個變數時，如果其中一個變數發生變化，另一個也會隨之上升或下降。這種相關性可以用相關係數來表示，也就是兩個變量相互關聯程度的指標，其值介於-1.0和+1.0之間。當絕對值愈大，兩個變量之間的相關性就愈高。舉例來說，自尊感與成績之間，究竟是成績提升了自尊感，還是平時自尊感高的孩子，成績也會相對優秀？根據研究結果指出，兩者的相關係數在-1.0至+1.0之間，可以得知「自尊感和成績在某種程度上彼此相關」。

而所謂的「因果關係」，指的是事情的原因和結果。不過，我們幾乎不可能在日常生活中找到因果關係的例子。正如愛德華．利默（Edward Leamer）說的：「相關性可以體現在數據中，但因果關係只存在我們的腦海裡。」

人際關係也是同樣的道理。我們經常會說「都是因為你」、「因為你~所以我才~」，好像中間有什麼因果關係一樣，但其實這些都屬於相互關係。換句話說，「因為你總是嘮叨（原因），所以我才晚回家（結果）」，也可以反過來變成「因為你晚回家（原因），所以我才總是嘮叨（結果）」。

因此，如果人際關係中出現矛盾，不能完全歸咎於某一方，因為我們都是彼此影響的相互關係。

07

有重大的事情拜託他人時，就先從小事開始

〈太陽與月亮〉的得寸進尺法

從前，在一個偏僻的山村裡，住著一位母親和一對年幼的兄妹，還有個嬰兒嗷嗷待哺。

某天，母親去一戶人家幫忙辦喜事，工作一整天後，獲得了滿滿一整籃的糕點。她用頭頂著糕點籃，走在回家的路上。然而，就在越過第一座山嶺時，一隻老虎「吼」的一聲，突然跳出來擋住她的去路。

「孩子的媽，給我一塊糕點吧，不然我就把你吃掉！」

母親趕緊扔了一塊糕點給老虎。但是，就在她越過第二座山嶺時，老虎又出現了。

「孩子的媽，把剩下的糕點交出來，否則我就把你吃掉！」

就這樣，老虎把所有的糕點都搶光了，然後對母親說道：

「孩子的媽，把你的左手臂交出來吧！」

「這樣我以後怎麼洗衣服？怎麼割稻子呢？」

「不給的話我就把你吃掉！」

於是，母親只好把自己的左臂獻給老虎。下一次，則是連右臂都給了出去，千辛萬苦地才跨過山頭。然而，先前那隻老虎又再度耍賴，裝成其他老虎的模樣坐在山嶺上。

「孩子的媽，給我一條腿吧！」

「把腿給你的話，我要怎麼回家？」

「用一隻腳跳回去不就行了，不給的話我就把你吃掉！」

母親不得已只好把腿交出去，用剩下的一隻腳辛苦地往前跳。這時，老虎又舔著紅通通的嘴說道：

「孩子的媽，連那隻蹦蹦跳跳的腳也給我吧！」

「把剩下的一條腿都給你的話，我還怎麼越過山頭回去找孩子呢？」

「用身體滾回去不就行了？」

最後，母親連剩下的一條腿都給了老虎，她想用身體滾回孩子們身邊，但老虎卻連她的身體都吃乾抹淨。接著，老虎穿起母親的衣服喬裝打扮，朝孩子們在的地方走去……

狡猾又狠毒的老虎，從母親那裡奪走了所有東西。但是，老虎並非一開始就直接把母親吃掉，而是從相對不重要的部分依序下手。每當母親越過一座山嶺，老虎就強迫她交出一條胳膊，接下來再要求她獻出自己的腿。換句話說，老虎的強取豪奪是一步步進逼的。

然而，母親滿足了老虎的所有要求。按常理來說，交出雙臂的脅迫根本很難答應，所以有些人可能會覺得母親愚蠢。但是，在日常生活中我們其實也經常遭遇類似的情況，因為老虎使用的說服技巧，就是所謂的**「得寸進尺法」**（Foot-in-the-Door Technique，又稱**登門檻效應**）。

「得寸進尺法」是能夠獲得對方應允的一項說服技巧，方法相當簡單。首先，**提**

出對方肯定不會拒絕的微小要求；假如對方答應的話，下次就再提出更大一點的請求，然後設法讓對方點頭。

美國史丹佛大學的心理學家喬納森．弗里德曼（Jonathan Freedman）和史考特．傅雷澤（Scott Fraser），正是研究這項說服技巧的學者。在他們進行的實驗裡，研究人員喬裝成志工，並逐一拜訪位於加州的住戶，提出一些十分荒謬的請求——拜託屋主讓他們在前院設置一塊「安全駕駛」的告示牌。但是，這塊招牌不僅體積龐大，而且設計得非常難看。簡單來說，就是一塊與美麗庭院絲毫不相稱的醜陋看板。當然，大部分的屋主都予以婉拒，只有百分之十七的人答應研究人員的請託。後來，研究團隊稍微改變一下方法，竟足足有百分之七十六的屋主答應了請求，到底是怎麼回事呢？

用的正是前文提到的「得寸進尺法」。喬裝成志工的研究人員，在請求設置看板的兩週前，先行訪問了那些屋主，然後拜託他們在家門口貼上寫有「安全駕駛」的小貼紙。接著，研究人員再請屋主們把貼紙也黏在車上。這些要求對屋主而言微不足道，因此幾乎所有人都點頭答應。接下來，情況有了驚人的改變——應允那些瑣碎請託的屋主，後來也同意在庭院裡設置醜陋的告示牌。

讓我們重新回到童話上吧。在〈太陽與月亮〉這則故事裡，母親似乎也被「得寸進尺法」給絆住了。假如在第一座山頭時，老虎就不分青紅皂白地要母親獻身，那麼她為了活下去，就會想方設法地予以抵抗。但是，老虎卻狡猾地只向母親索討一塊糕點。站在母親的立場上，可能會覺得「不過是塊糕點而已」，於是就答應老虎的要求。以此為起點，老虎逐漸向母親提出不合理的脅迫，母親雖然有些抗拒，但最終都還是點頭應允。

有人說故事裡的老虎象徵著「誘惑」，亦即從小事開始提議，然後一步步蠶食對方。我們在日常生活中也經常受到各種誘惑，有時明知苗頭不對，卻還是一腳跨進去，最後才狡辯道：「我是逼不得已。」

童話故事裡的母親很可能這麼想：「如果不把胳膊獻給老虎，我整個身體都會被吃掉，那麼就不可能回到孩子身邊了。」但是，這種妥協的態度，與掉進誘惑裡沒什麼區別。「只交出左手應該還好吧？總比被直接吃掉來得強。」這種想法，不過是自我合理化罷了。

雖然以母親的角度來看，無論如何都想活著見到孩子們，然而，一味地滿足老虎的要求，說到底仍是致命的失誤。在童話故事裡，母親把四肢都給了老虎，打算用身體慢慢滾回家。或許這可以解釋為母親對子女的執著與關愛，卻讓老虎發現了家人居住的地點。陷入誘惑本來就不對，把他人也一起拖進陷阱裡，更是嚴重地失策。若想保護孩子，母親就不應該選擇回家。

那麼，假如想活用「得寸進尺法」，就要每次都從小事開始提出請求嗎？不是這樣的。與「得寸進尺法」相反，心理學中還有所謂的**「以退為進法」**（Door-in-the-Face Technique，又稱**閉門羹效應**）。閉門羹的意思，指的是對方在拒絕要求時，於委託人面前砰的一聲把門關上。如此一來，**關門的人在內心會感到抱歉，針對日後的請求也就相對容易接受。**

研究「以退為進法」的，是美國亞利桑那大學行銷心理學系教授羅伯特·西奧迪尼（Robert Cialdini）及其同事們。在進行實驗時，他們請大學生花兩個小時和青少年犯罪者一起參觀動物園。但是，在沒有其他條件的情況下，只有約百分之十六的大學生願意接受委託。接著，研究人員決定試試看使用「以退為進法」。

「我們正在尋找願意於少年觀護所擔任志工的大學生，每週至少要工作兩個小時，且必須維持兩年的時間。請問你有興趣嗎？」

這種無理的要求幾乎沒有人會接受，而實際收到邀請的大學生們也確實全都拒絕了。於是，研究人員馬上接著說道：

「我們也需要有大學生志願和少年犯們一起去參觀動物園兩小時，請問你有興趣嗎？」

令人驚訝的是，收到提案的大學生當中，有百分之五十都點頭答應了。在沒有任何鋪陳的情況下，一開始只有百分之十六的人同意，因此，這可以說是透過「以退為進法」取得的成果。

在童話〈太陽與月亮〉中，如果老虎一出現就想把母親吃掉，她肯定會頑強抵抗。但老虎看似有所退讓，只說「把你的左手臂交出來吧」，母親才可能因此乖乖就範。

其實，這種說服技巧並不難，但神奇之處就在於大部分的人就算知曉，仍然會陷入其中。假如有人提議每個月向慈善團體捐款兩萬韓元，大概很少人會欣然同意，而是為難地表示：「雖然出發點很好……」反之，如果先從在問卷上貼貼紙這種微小的請託開始，人們簽署定期捐款同意書的可能性就會增高。

倘若碰到需要說服他人的情況，不妨試試看「得寸進尺法」或「以退為進法」吧！肯定能夠得償所願。

「得寸進尺法」的神奇之處

就在於大部分的人就算知曉，

仍然會陷入其中。

—延伸學習—

想在危機中拯救自我，務必牢記「稀缺規律」

在童話〈太陽與月亮〉裡，母親能不能反過來說服老虎，保全自己不被吃掉呢？假如她選擇動之以情，告訴老虎：「唉呀，我不能就這樣死掉，家裡還有孩子們在等著我！」老虎大概會出現如下的反應：

「那又怎麼樣？只有你有孩子嗎？我的孩子也正餓得嚎啕大哭！」

處於這種情況時，還不如奉勸老虎：「我是劣質的食物，而且還有傳染病，不知道你吃了之後會染到什麼疾病。」藉此降低牠的食慾。換句話說，若想說服老虎，首先必須掌握牠飢餓時的「欲望」，唯有如此，才能藉由這一點反過來出奇制勝。

此外，還有所謂的**「稀缺規律」**（Law of Scarcity），是一種**強調數量與稀有性的戰略**。這項法則經常被使用在電視購物頻道，特別是在推銷員驚呼「現在數量沒剩幾組了」時，效果最為明顯。

「稀缺規律」的另一個例子，就是法頂禪師的《無所有》（무소유，暫譯）一書。法頂禪師在去世前曾表示：「假如我走了，請不要再出版我的著作。」隨著遺言的內容逐漸傳開，人們爭先恐後地購買《無所有》，坊間甚至還有以一百一十萬五千韓元賣出的紀錄。

讓我們試著把「稀缺規律」套用到童話中吧！假如老虎覺得糕點非常美味，母親就可以這麼說：

「這種糕點有別於一般的糕點，只有我才做得出來，如果我死了，以後你就再也嚐不到這種味道了。面對會下金蛋的鵝，就別把牠的肚子剖開，這樣才是明智之舉不是嗎？如果放我一條生路，我會繼續做這種美味的糕點給你吃！」

在日常生活中，雖然不會有人覬覦我們的四肢，但在建立人際關係時，難免會遭遇危機。這時，如果巧妙地運用「稀缺規律」，就可以順利擺脫困境，機智地予以應對。

08

該視對象還是情況而定？

〈父子騎驢〉的基本歸因謬誤

有一天，父親和兒子沿著鄉間小路，打算把驢子牽到市場上去賣。在行走的過程中，他們遇見了一群正在井邊打水的姑娘。

「你們看！」

其中一位姑娘喊道。

「讓驢子輕鬆地走，自己卻傻呼呼地在塵土中蹣跚前行，到底為什麼要那樣呢？」

父親覺得她們說的話很有道理，於是就讓兒子騎到驢背上。走了一段路之後，又碰到一群長者。

「你們看！」

其中一位老人說道。

「我就說吧，現在的年輕人一點都不尊敬長輩，父親辛苦地徒步，兒子卻自己騎著驢，真是個不孝的傢伙！」

聽到這些話的父親認為老人家說得沒錯，自己這麼做會把兒子教壞，於是就讓兒子下來，換自己騎上去。

不久後，他們遇到了懷裡抱有孩子的一群婦人。其中一位太太如此說道：

「那個可憐的男孩好像很累，你們看看他老爸，自己像國王一樣騎著驢前進！」

於是，父親又讓兒子一起騎到驢背上，一路向村子前進。在抵達市場前，他們經過一間酒館。酒館裡有群男子聚在一起，他們看著父子倆說道：

「你們看看，那頭瘦弱的驢上居然坐了兩個人！驢子都累到喘不過氣了，那兩人連一點惻隱之心都沒有。」

「大概是準備去市集上把驢子賣掉。不過再這樣下去，還沒走到目的地驢子就累死了。」

於是，父親又立刻改變了主意。

「他們說得對，如果驢子在抵達市集前力竭倒下，事情可就難辦了！」

但是，眼下也沒有其他方法。牽著驢走被笑太傻，讓兒子騎上去被嫌不孝，父親一個人騎被誤會缺乏父愛，兩個人一起騎又被指責沒良心。

這時有人路過，聽到父親的煩惱後，哈哈大笑著說：

「你們兩個揹著驢走不就行了嗎？為什麼要因為這一點小事煩惱呢？」

父親用力拍了下膝蓋。

「對呀，真是個好辦法！孩子，既然這樣也不行，那樣也不好，那我們乾脆揹著驢前進吧！」

於是，父親和兒子揹起驢子繼續趕路。走著走著，就在過橋的時候，驢子突然奮力掙扎，撲通一聲掉進橋下的河裡淹死了。

「無法滿足所有人的標準」，是這則童話帶給我們的啟示。不過，從心理學的角度來看，這裡值得聚焦的部分在於人們的「評價」。

按照童話所述，父子在遇見酒館男子之前，先聽取了婦人的意見；在碰到婦人之前，則順從長者的指示；而巧遇長者之前，則採納姑娘的建議。可是，不曉得這一脈絡的村民們，分別以各自的視角對父子進行評價。

或許，站在父子倆的立場上，有難以為外人道的苦衷。像是兒子可能因腳傷而不得不騎驢，父親也可能腰部有傷；又或者兩人已經走了很長時間，早已筋疲力盡。不過，人們完全不關心他們有什麼隱情，只顧著以當下看到的情景做出批判。因此，有些人認為兒子看起來沒教養，有些人覺得父親好像自以為王，有些人則認定他們是在虐待動物。

也就是說，村民們在尋找父子的行為動機時，偏向以人格因素來做判斷，而不是深入了解他們的處境。

這樣的情況不只出現在童話裡，我們在日常生活中遭遇某件事時，比起觀察事件發生的整體情況，更傾向於責怪某個人的品行（個性）。在社會心理學中，這種現象被稱為**「基本歸因謬誤」**（Fundamental Attribution Error），意即**在解釋他人的行為時，低估外在的情境因素，且高估了內部因素的影響**。這種謬誤經常出現於日常生活裡，因此在名稱上冠有「基本」二字。

為了幫助理解，試著設想一下有人在一早的會議遲到吧！根據「基本歸因謬誤」，我們一般會先認為對方「懶惰」或「缺乏責任感」，很難想到他是不是在來的路上救了迷路的兒童，或者發生什麼無可避免的情況。

史丹佛大學的李・羅斯（Lee Ross）教授與同事們做了一項實驗，充分反映出上述的「基本歸因謬誤」。首先，研究人員舉辦一場問答競賽，並且從受試者中任意抽選兩名，將其指定為「出題者」與「答題者」。至於剩下那些沒有被抽到的人，則全部列席為觀眾，在比賽結束後，研究人員會讓他們評價「出題者」與「答題者」的智力水平。

問答競賽開始後，提問者向答題者拋出下列問題：

「立陶宛的首都在哪裡？」

「曾為美國總統的林肯在哪一天去世？」

能答出上面兩個問題的人並不多。然而，提問者只因拋出這些問題，看起來就變得非常聰明；相反的，答題者面對刁鑽的題目勢必手足無措，這幅情景讓一旁的觀眾認為他們很笨。

實驗結果顯示，觀眾的評價為：「提問者比答題者具備更豐富的知識。」可是，真正能回答出上面兩個問題的人根本少之又少。假如各位讀者作為觀眾參與該實驗，很可能也會認為提問者看起來聰慧，而答題者似乎相當愚昧。

提問者和答題者與觀眾一樣，都只是參加該實驗的人，並且受到隨機指定而已。但令人驚訝的是，即使觀眾知道「角色為隨機分配」，仍然做出上述的評價。換句話說，觀眾陷入了「基本歸因謬誤」之中，將提問和答題的能力視為該對象的個人能力。

除了基本歸因謬誤之外，還有一項偏差也十分常見，那就是**「行動者—觀察者偏誤」**（Actor-Observer Bias），亦即我們常說的「在我身上就是羅曼史，在別人身上就是不倫戀」。**當我們在解釋某些行為時，假如自己身為當事者，就會覺得「很大一部分是受環境影響」；但若站在觀察者的立場，就會認為是「當事人的性格所致」**。具體事例如下：

1 在智力測驗時，如果其他人獲得的分數較低，就會覺得「那個人真的智商低下」；反之，如果自己的得分較低，就會向他人解釋「我那天狀態不佳」。

2 當自己超速駕駛時，就會表示「真的有不得已的急事」；如果是別人超速駕駛，就會認定對方「性格很急躁」。

之所以會產生這樣的偏誤，原因就在於缺乏對他人的認識。因為我們很難得知

「對方處於何種情況」，所以將之全部歸咎於個性。

「行動者－觀察者偏誤」和「基本歸因謬誤」的危險之處，在於它會讓一個人承擔不必要的責任——比起當事人所處的「情況」，我們更偏向於用「事件」來回推其個性。例如看到年紀較大的求職者，可能會評價對方「在別人努力學習時玩樂，現在才急於準備」。但是，那名大齡求職者或許是家境艱困，多次休學打工才耽誤了就業時機。

即使對方的個性本就如此，我們也需要盡力了解他身處的環境。

接著再回到童話上吧，村民們在對父子做出評價之前，應該先想想：

「他們選擇用這種方式前進，應該是有理由的吧！」

或者，也可以直接詢問父子倆：「為什麼要那樣走呢？」如此一來，就不會陷入「基本歸因謬誤」或「行動者－觀察者偏誤」裡了。

—延伸學習—

若想正確下判斷，就得學會找出原因

當某件事情發生時，人們就會試圖追究原因。在進行一段對話後，最後總是會感嘆：「所以到底為什麼會那樣？」這種尋找原因的過程，在心理學上稱為**「歸因理論」**，大致可分為「外部歸因」與「內部歸因」。

所謂的**「外部歸因」，指的是從外部尋找問題的原因，如天氣、情況、難易度、運氣、機運等**；相反的，**「內部歸因」指的是性格、智能、情感、能力、努力等，從人類內在的品性中找尋問題的根源。**

然而，歸因過程並不一定符合邏輯或科學，當事人為了心理上的安定，很多時候會過於強調特定原因。例如當考試考砸時，如果歸咎於個人能力或智商，自尊心會受到巨大的打擊。因此，當事人經常覺得是「我考前不夠用功」，或者「老師這次出的題目很奇怪」。

與認知偏誤相關的心理學理論，除了前面提到的基本歸因謬誤、行動者－觀察者偏誤，還有所謂的**「自利偏差」**（Self-Serving Bias）——簡單來說，就是「做得好是我的功勞，做不好是你的責任」，亦即**採取對自己最有利的方式思考**。自利偏差特別會在人際關係上造成影響，例如小組報告未能取得好成績時，就很可能出現以下的對話：

「都是你啦，以打工為藉口，沒有確實地做好資料蒐集。」

「什麼？資料蒐集沒有問題！明明就是你報告得不好，誰叫你講話不清不楚！」

如果想在應對進退上更加明智，就必須掌握前述的三種認知偏誤。「偏誤」就是在看待對方時，過於偏向某一種角度。因此，我們應該有意識地養成全面思考的習慣，努力避免隨意對他人下判斷。

09 不被允許的，為何總是更吸引人？

〈紅鞋〉的心理抗拒

從前有個非常漂亮、可愛的女孩名叫凱倫，她的家境十分貧困，所以總是穿著破舊的鞋子。有一天，凱倫的母親去世了，她傷心地跟在母親的棺木後面。

這時，一輛古樸的馬車從凱倫身邊經過，裡面坐著一位慈祥的老婦人。她看見凱倫跟著棺木走的模樣，心裡滿是同情與憐惜。

「將那名孩子交給我吧，我會好好照顧她的。」

某天，老婦人給凱倫零用錢，讓她去買一雙新的鞋子。

凱倫前往鎮上最大的鞋店，先測量了腳的尺寸。皮鞋店的櫥窗裡擺滿漂亮的鞋子，在她看來真是壯觀無比。其中，有雙以摩洛哥皮革製成的紅鞋，深深吸引了她的目光。這時，她突然想起了老婦人之前的囑咐：

「買雙黑色的皮鞋吧。」

凱倫搖搖頭說：

「可是我喜歡紅鞋。」

「這是洗禮時要穿的，一定得買黑色！」

凱倫猶豫了一下，最後還是決定買下那雙紅鞋。

回到家後，凱倫向老婦人謊稱自己買的是黑皮鞋。老婦人的眼睛不好，於是相信了她。

洗禮儀式當天，凱倫穿著漂亮的紅鞋前往教會，所有人都直盯著她的雙腳。當牧師把手按在凱倫頭上，問道：「你願意向神起誓，從此成為一名基督徒嗎？」凱倫滿腦子想的也只是那雙紅鞋。

洗禮結束後，教友們告訴老婦人凱倫穿了一雙紅鞋。得知此事的老婦人勃然大怒，責罵她以後不准再有這種失禮的行為。往後去教會時，就算黑皮鞋舊了，也一定非穿不可。

隔週的星期天，教會預定舉辦聖餐禮。凱倫反覆看著黑鞋與紅鞋，猶豫了好一陣子，最後還是穿著紅鞋去參加儀式。

凱倫一到鞋店，就受漂亮的紅鞋迷惑。在那種情況下，老婦人叮囑的「一定要買黑鞋」，真的有被她聽進去嗎？不僅如此，買了紅鞋的凱倫，在前往教會時又違背老婦人說的：「去教會時一定要穿黑皮鞋！」因此，在童話〈紅鞋〉的結尾，凱倫受到了懲罰，穿著紅鞋的雙腳不聽使喚地起舞，直到被砍斷為止。

小孩子穿紅鞋去教堂有什麼大不了，為什麼要因此被砍斷雙腳呢？當然，凱倫也沒想到事情會變成這樣。因此，也有人覺得遺憾：「老婦人收留了孤苦無依的凱倫，如果她能更深思熟慮，把老婦人的話聽進去該有多好！」假如凱倫去教會時能遵守禮儀，選擇穿黑皮鞋的話，就不至於受到那麼殘酷的懲罰。

其實，類似的問題不只發生在凱倫身上，我們每個人都有「被勸阻時，反而更想嘗試」的特性。例如在寫著「禁止塗鴉」的地方，往往有更多人亂畫；或是門上明明寫著「拉」，人們卻總是往內推。如果標示「絕對不能看」，反而會更想一窺究竟；顯示「斷貨」的話，不知道為什麼就更想買。

心理學家布雷姆（Brehm）將這種唱反調的態度稱為**「心理抗拒」**（Psychological Reactance），亦即**當感到個人的自由受限，或無法理解對方說服自己的目的和方法時，隨之產生的心理**。因此，我們會故意做出和對方心意相反的選擇，試圖藉此保障個人自由。在正值青春期的青少年，或是排斥社會體制的邊緣人身上，經常可以見到這種「心理抗拒」。

有一個與「心理抗拒」相關的實驗：研究人員計畫在某地鐵站的廁所裡掛上「禁止塗鴉」的告示牌，並且將告示牌的用語分成兩種。其中一個是寫有「嚴禁塗鴉」的強烈命令，另一個則是「請勿隨意塗鴉」的溫柔請求。此外，研究人員還在告示牌的末端，分別加上具有權威感的地鐵站站長署名，以及不具權威感的清掃人員的簽名，總共製作四面告示牌。究竟，人們會在哪裡留下更多塗鴉呢？

實驗結果顯示，人們在看到有站長署名、寫有「嚴禁塗鴉」的告示牌時，會更刻意地亂塗亂畫。相反的，在看到掛有清潔人員簽名、寫著「請勿隨意塗鴉」的告示牌時，較少做出塗鴉的行為。換句話說，禁止的語氣愈強烈，對象愈具有權威性時，人們抗拒的心理也就愈明顯。

「心理抗拒」不僅會在遭受勸阻時出現，在覺得自己無能為力時，也會產生類似的反應。例如大考將近或作業的交期迫在眉睫，明明應該要認真念書，或是趕快把作業完成，我們卻還是會去玩遊戲，或是翻一些平常根本不會看的書——這些都是來自於「心理抗拒」，換句話說，這些行動是由於自己做其他事的自由遭到剝奪，為了恢復自己失去的選擇自由。

近年來新型冠狀病毒肆虐，戴口罩成為了義務，人們雖然多少感到有些不便，但大致上還是相當遵守這項規定。大眾之所以對此不甚抗拒，是因為覺得這項限制合理且恰當。假如該規定沒有獲得認可，說不定就會像美國反對口罩令的示威群眾一樣，認為「口罩侵犯個人自由」，在集會上燒毀口罩以表抗議。

讓我們再回到童話上吧。凱倫一直選擇穿紅鞋，原因就在於無法完全理解老婦人說的話：「為什麼去教會時不能穿紅鞋？」、「為什麼就算黑皮鞋舊了，去教會時也一定要挑那雙來穿，否則便不合禮儀？」、「為什麼要遵守禮儀呢？」種種疑問，凱倫都未能充分獲得解答。假如她可以和老婦人一起討論這些問題，或許就能阻止悲劇發生。

「心理抗拒」的概念在教養孩子的家庭中尤為重要。假設孩子每天都想穿自己喜歡的那件衣服，就算髒到發臭、不合季節也不願更換。此時，若媽媽不由分說地訓斥道：「不行，穿別件吧，你怎麼那麼不聽話！」反而會激起孩子的反抗心理。這種時候，應該充分解釋給孩子聽，讓他理解「為什麼衣服要洗過才能再穿」、「今天為什麼必須穿別件」等。如果抱持著「小孩子懂什麼」、「逐一說明要耗到何時」的態度，一味用禁令給予限制的話，孩子心理上的抗拒就只會益發高漲。

不僅僅是兒童，「心理抗拒」也是大人們普遍具有的特性，因此，廣告商經常將其活用在行銷方面。舉例來說，我們在書店很常看到書籍封有塑膠膜，有些是為了避免青少年閱覽的限制級圖書，有些則是試圖利用「心理抗拒」來提升銷量。被封膜的書因為看不到內容，反而刺激讀者想翻閱的反抗心理，最後選擇把書買回家。就算書的內容都相同，封膜與否也會造成銷量上的差異。

此外，愛情也會因「心理抗拒」而變得更加熾熱。最具代表性的例子，就是英國劇作家莎士比亞的《羅密歐與茱麗葉》。假如羅密歐與茱麗葉墜入愛河時，兩方的家人沒有極力反對，結果會變得如何？剛開始或許愛得難分難捨，但隨著時間流逝，兩人對彼此的愛意可能漸漸轉淡，在年紀尚輕的狀況下就分手了，正所謂「天涯何處無芳草」。因此，周圍人的強烈阻攔，反而導致戀人愈愛愈深的現象，也被稱為**「羅密歐與茱麗葉效應」**（Forbidden Fruit Effect，又稱**禁果效應**）。

—延伸學習—

配合對方的標準，就能有效降低心理抗拒

「心理抗拒」是人類普遍的情感，每個人都必然經歷過，因此，或許會有人覺得沒什麼好大驚小怪。但是，如果太過小看「心理抗拒」造成的影響，最後很可能讓自己身陷窘境。為了不誤事或破壞人際關係，我們應該熟知「心理抗拒」的效果，並在日常生活中善加應對。

在人際關係方面，「心理抗拒」通常始於「嘮叨」。一般來說，嘮叨的人難以受到歡迎，假如我們像嘮叨鬼一樣單方面提出個人意見，就只會助長對方的反抗心理。例如父母要求子女「無條件必須在晚上六點之前回家」，那麼子女可能會認為自己的自由受到了侵害：「為什麼一定要六點？到底為什麼要有門禁呢？」基於反抗心理，很可能不會遵守父母的規定。因此，為了減少子女的抗拒感，最好採用家庭會議的方式來擬訂原則。此時，父母要盡可能聆聽孩子的立場，像是詢問「你覺得幾點回家比較合適」、「為什麼那麼想」等等，再進一步定出時間。如此一來，

子女會覺得自己的意見已充分傳達給父母，將大幅減少心理上的抗拒。

若想減少對方的心理抗拒，盲目地要求或禁止很難有所收穫。相反的，唯有以請求的態度，或是配合對方的標準進行對話，才能有效降低反抗心理。

10

最「好」的選擇，不如最「適合」的選擇

〈人魚公主〉的滿足法則

隨著對王子的思念與日俱增，人魚公主的話愈來愈少。她深愛著王子，渴望自己也能變成人類。在經過一番掙扎後，她決定去找女巫幫忙。

人魚公主抵達女巫家時，女巫就已經知曉了她的來意。

「如果想變成人類，就喝下這瓶藥水吧！喝下以後，你的尾巴就會變成人類的雙腿。雖然陸地上的人類都將為你的美貌著迷，但往後你每走一步，都會像踩在荊棘路上一般痛苦。這樣你也願意嗎？」

「沒關係，我可以忍受！」

「你再仔細想想吧！如果變成人類，你就再也變不回人魚了，永遠無法回到父親和姊姊們居住的龍宮。此外，如果王子不是真心愛你，你將就此化為泡影。」

「沒關係！」

人魚公主臉色蒼白地回答道。

「還有一個條件。你覺得自己擁有美妙的嗓音，能夠用它來吸引王子對吧？如果想得到這瓶藥，就必須用你的嗓音來換。而你將能夠跨出優雅的步伐，擁有深邃的雙眼。如何？這樣你也願意嗎？」

「就這麼決定！」

於是，女巫喀擦一聲剪斷了人魚公主的舌頭。可憐的人魚公主，今後再也不能用美妙的嗓音唱歌，也無法再開口說話了。

一想到日後見不到家人，人魚公主就心如刀割。但她喝下女巫給的藥水，終於換得了人類的雙腿。

人魚公主渴望變成人類，選擇犧牲自己的嗓音來交換雙腿。但是，如果變成人類，她每走一步，都必須承受踩在荊棘之上的痛楚；若得不到王子的真心，還將化為泡影，永遠地消失在世上。即便如此，人魚公主仍毅然決然地答應女巫的條件。

究竟她為什麼會做出這樣的抉擇呢？做出這種選擇的人魚公主真的幸福嗎？

人魚公主出生的地方，即公主的**「隸屬團體」**，是海底下的人魚世界。然而，她心中嚮往的歸屬，是大海之外的人類社會。因此，人類世界成為了公主選擇的基準，又稱為**「參照團體」**（Reference Group）。所謂的「參照團體」，指的是**一個人在行動、思考和選擇時，足以成為參考基準的團體。**

有些人的隸屬團體和參照團體一致，有些人則不然。人魚公主的故事之所以能戲劇性地展開，原因就在於她的隸屬團體和參照團體完全不同。屬於大海的她卻嚮往著外頭的世界，必然會導致問題產生。

對王子一見鍾情的人魚公主，經歷一番波折後終於再度見到王子，但沒想到的是，他早已與鄰國公主互許終身。眼見王子的婚禮即將到來，人魚公主的姊姊們前來找她，苦口婆心地勸道：「王子連自己的救命恩人都不認得，還與鄰國公主陷入愛河，是時候該放棄了吧！只要用這把刀刺殺王子，你就能重新恢復人魚之身。」接著將刀交給了人魚公主。

人魚公主的姊姊們屬於人魚社會，思考模式也以人魚為準，隸屬團體和參照團體是一致的。因此，就姊姊們的立場來看，當然會認為人魚公主用聲音交換雙腿的決定十分魯莽，而最好的解決方案，就是讓人魚公主重新回到大海裡。此外，對姊姊們來說，刺殺王子並沒有那麼困難，因為他不屬於人魚一族。

然而，人魚公主和姊姊們不同，她的隸屬團體和參照團體不一致。因此，姊姊們的忠告，只會給她帶來巨大的混亂和矛盾。

那麼，人魚公主會不會後悔自己選擇變成人類呢？

一九七八年獲得諾貝爾經濟學獎的美國經濟學家兼心理學家赫伯特·賽門（Herbert A. Simon），按照選擇的方式將人類分為**「極大化者」**（Maximizer）和**「滿足者」**（Satisficer）。

所謂的「極大化者」，指的是**在任何情況下，都努力想做出「最佳」選擇的人。**極大化者在做出抉擇之前，會確認所有可能的選項，將選擇的範圍「最大化」。例如他們在購買衣服時，若眼前有十間店鋪，就會認為應該要到每間店裡都試穿看看。為什麼會這樣呢？因為極大化者追求至上的幸福。

反之，「滿足者」指的是覺得「這種程度，即是我能做的最佳選擇」。大體而言，**滿足者一旦做出決定，就不會覺得還有各方打聽的必要，能夠在該程度上獲得滿足**。換句話說，比起最好、最棒的選項，滿足者只追求符合個人的標準與條件即可。因此，在做決定時，滿足者花費的時間與費用會比極大化者來得少。

再重新回到人魚公主的故事吧。人魚公主擁有自己特定的標準和條件，她渴望獲得雙腿並成為人類。因此，在出現符合個人條件的選項後，她便放棄其他事物，選擇了眼前這條路。就常理而言，如果不能重新恢復人魚之身，無法和心愛的家人見面，甚至連聲音都要犧牲的話，一般人皆會表示「我再考慮一下」。不過，人魚公主當場就爽快地答應了，因為只要滿足自己的條件，就不必再多花費時間和精力。從這一點來看，人魚公主可被歸類為「滿足者」。

那麼，極大化者和滿足者在做出決定之後，感受到的幸福會有多大差異呢？

美國斯沃斯莫爾學院的貝瑞．史瓦茲（Barry Schwartz）教授，在《選擇心理學》（*The Paradox of Choice*，暫譯）一書中曾提到：

「每當面臨選擇時，為了比較各種選項，我們需要付出許多認知方面的努力和時間。而在做出決定時，剩餘那些沒有被選到的，就會成為所謂的**機會成本**。」

也就是說，如果發現選擇的結果不好，或是有更理想的方案時，未來就很容易感到後悔。

當得知自己做出的並非最佳選擇時，極大化者和滿足者的反應各不相同。極大化者會不斷想起自己錯過的選項，難以對現況感到滿足，並後悔先前做出了錯誤的決定。相反的，滿足者會盡力將自己的選擇合理化，亦即雖然有更理想的選項，但自己當下的決定已經是最好的，所以也對此感到滿足。

失去聲音的人魚公主，無法開口告訴王子自己才是救他的人，而且每跨出一步，雙腳都像踩在荊棘路上一般痛苦。最後，人魚公主甚至化為泡影，永遠消失在世界上。這麼做，人魚公主真的幸福嗎？是的，我想她應該很幸福，因為她是所謂的「滿足者」。

滿足者總是會比極大化者感到幸福，因為極大化者在做出決定後經常陷入不安，覺得會不會還有「更好的選項」。

當然，未能實現愛情的人魚公主，令人感到既同情又難過。但是，決定成為人類的她，可能比什麼都不做的時候更加幸福。

為什麼不讓王子想起人魚公主就是他的救命恩人，兩人以幸福快樂的結局收尾呢？安徒生為什麼要讓人魚公主變成泡沫？或許作家其實想告訴我們：

「反正人生終歸是一場泡影，為了渴望的事物獻出自己，不也挺有意義的嗎？」

—延伸學習—

選擇的好或壞，皆取決於自己

美國詩人羅伯特．佛洛斯特（Robert Lee Frost）的作品〈未行之路〉（*The Road Not Taken*）中，出現過這樣的內容：

「多年以後，我將在某處帶著嘆息，回顧我曾面臨的那條林中岔路。我選擇了人煙稀少的路途，它讓一切變得截然不同。」

所有的選擇都同時帶有正反兩面，從這層意義上來說，「選擇」應該由我自己決定。假如根據他人的意見進行判斷，當事情不順時，就很有可能埋怨對方。若不希望出現這種情況，首先必須釐清自己「真正想要的是什麼」，然後將選擇的重點置於其上。

從**「認知失調」**（Cognitive Dissonance）論中可以得知，人們不是因為喜歡才做出選擇，而是傾向選擇後才更加喜歡。所謂的「認知失調」，指的是**當想法產生矛**

盾時，我們會試圖減少矛盾所帶來的不適。也就是說，假如出現某個選項，比自己先前做的決定更加理想，內心就會湧現不舒服的感覺。因此，我們會刻意去想自己做出的選擇有哪些優點。

假設在黑、白二色的汽車中選擇了黑色，雖然兩種顏色都有其優缺點，但大部分的人在買了黑色的車後，都會想著「白色車很快就沾染灰塵，管理起來相當不便」，用類似的方式來降低白色車的價值。反之，對於自己選擇的黑色車款，則會強調「黑色看起來更幹練」，進一步突顯其優點。

在買衣服、點餐或購買電子產品時也一樣。歸根究柢，選擇的好與壞，皆取決於自己以何種角度看待。

11

抓緊機會，適時向他人施予恩惠

〈白鸛的判決〉的互惠法則

很久很久以前，黃鶯、布穀鳥和紅鶴聚在一起，總是互相爭執誰的聲音最好聽。於是，有一天黃鶯提議道：

「我們別光只是在這裡吵架，請其他人來評判看看吧！」

「好啊，白鸛大人最有智慧，處事也公正，我們就請他來評斷誰的聲音最好聽！」

紅鶴跟著附和，但其實他對自己的聲音完全沒有自信。

幾天後，紅鶴捕了青蛙、甲蟲、土鱉和蚯蚓等白鸛喜歡的食物，裝在漂亮的葫蘆裡，送去了白鸛的家。白鸛對紅鶴的臨時造訪感到有些吃驚。

「找我有什麼事呢？」

「白鸛大人，這段時間過得好嗎？事情是這樣的，黃鶯、布穀鳥和我，打算請您評價，看看三人之中誰的聲音最好聽。請您一定要投我一票！」

「是嗎？但你也知道評審本來就該公正吧？」

「那是當然。」

接著，紅鶴把事先準備好的禮物遞給白鸛。

「無論如何，再麻煩您多多關照！」

「呵呵，真是的！」

白鸛露出笑容，半推半就地接受了禮物。

天一亮，大家就聚集到白鸛的家中。首先上場的，是黃鶯美麗的嗓音，白鸛雖然在心裡為其絕妙的嗓音讚嘆不已，表面上卻故意這麼說：

「你的聲音雖然美，但音色太過輕柔，沒什麼用處。」

接下來，由布穀鳥清清喉嚨，發出美妙的聲音。白鸛雖然心裡很是佩服，但還是如此評價道：

「你的聲音雖然美，但聽起來很憂傷。」

聽到白鸛這麼說，布穀鳥覺得十分羞愧，立刻回到自己的位子上。這時，輪到紅鶴上場了，他自信滿滿地大喊出聲。白鸛雖然覺得聲音刺耳，甚至想把耳朵摀上，但還是滿臉欣慰地微笑說道：

「你的聲音是最好聽的！音色雄壯威武，充滿了男子氣概！」

俗話說「有來有往」，這句話成為**「互惠法則」**（Norm of Reciprocity）最好的註腳。意即，**當有人為你付出時，你也會因人情壓力而為他人做些什麼**。

就像童話中的白鸛一樣，因為收下了紅鶴的禮物，審判時就刻意站在紅鶴那一邊。假如事前沒有收到禮物，在評價三人的聲音時，白鸛肯定能做出公正的判決。

心理學家丹尼斯・雷根（Dennis Regan），曾進行過一項與互惠法則有關的實驗。首先，他用幻燈片向兩名受試者展示美術作品，並假裝邀請他們做出評價。而在兩名受試者中，其實有一名是假裝參與實驗的研究助理。該名研究助理負責的角色，是在假實驗的休息空檔暫時離開，然後帶著可樂回到位子上。真正的實驗對象分為兩組：一組是助理拿了兩瓶可樂回來，把其中一瓶分給受試者；另一組則是助理只帶回一瓶可樂，一個人獨自暢飲。

假實驗結束後，研究助理向所有受試者提出一個真正用於實驗的請求：請幫忙買幾張彩票。而實驗結果發現，有拿到可樂的受試者買彩票的意願，比沒有拿到可樂的人多出兩倍。

最常使用這個法則的職業就是銷售人員，為了推銷商品，他們經常率先對顧客釋出各種善意，亦即讓顧客陷入互惠法則的誘餌。

「不買也沒關係，試吃看看吧！只要聽完產品說明，我們就會提供贈品。」

當然，不買也可以，光聽也無所謂。但是，在試吃且領到贈品的瞬間，我們就會掉進互惠法則的思維裡。首先，我們會擔心如果只拿贈品而不買，對方會不會覺得自己是個「貪小便宜的人」。為了擺脫這種心理壓力，購買商品的可能性就會大增，因為一直以來我們都學到「報答他人的好意，才是適切合理的社會規範」。

這種互惠法則，在很小的善意或當事人非自願的情況下也會出現，讓我們來看看宗教團體國際奎師那意識協會（International Society for Krishna Consciousness）

的例子吧。曾在印度擔任製藥公司經理的帕布帕德（A. C. Bhaktivedanta Swami Prabhupada），前往美國成立了名為「奎師那」的信仰團體。接著，在不到十年的時間裡，他陸續籌措資金，成立了包括美國四十間寺院在內的世界性網絡。

令人驚訝的是，這筆資金的募款來源，主要是在街上行走的一般人。究竟用了什麼樣的方法，才能讓這麼多人願意捐錢給這個宗教團體呢？

心理學家羅伯特・西奧迪尼（Robert Cialdini）仔細觀察奎師那的教徒後，發現了其中的祕訣——一朵花。方法是這樣的，教徒們會在街上靠近偶然行經的路人，「強行」送給他們一朵花。假如對方想歸還，教徒們就會強調「這是我們準備的禮物」，拒絕收回花朵。接著，他們會反過來建議對方向自己所屬的宗教團體捐款。因此，大部分收到花朵的人，都會根據互惠法則參加募捐。

讓我們再回到童話上吧。〈白鶴的判決〉還有一個地方值得留意：紅鶴準備用來賄賂白鶴的東西不是首飾或金錢，而是「食物」。為什麼偏偏選擇食物呢？說不定紅鶴正好懂心理學中的**「午餐技巧」**（Luncheon Technique）。**當我們受到美食招待，或與某人一起享用時，對那個人的好感度就會上升**，這種現象稱為「午餐技巧」。我們經常掛在嘴邊的「有空一起吃個飯」，也是從午餐技巧上延伸出來的問候語。

為什麼在接受美食招待時，我們會更容易聽取對方的請求呢？理由就在於美味的食物會讓心情變好，而這種積極正向的情緒，會連帶轉移到對方身上。

心理學家格雷戈里·拉茲蘭（Gregory Razran）為了證明這一點，將大學生分成兩組進行實驗。研究人員把錄有政治理念的音檔放給兩組受試者聽，其中一組一邊聽一邊享用美食，而另一組則是靜靜地坐著聆聽。實驗結果發現，享用美食的那一組在評價音檔中的政治理念時，比沒有吃任何東西的另一組要來得友善。

從前述實驗中可以得知，如果像童話裡的紅鶴一樣打算說服某人，在招待對方享用美食的同時，活用「互惠法則」就是一個很好的方法。不過，就白鶴的角度來看，「食物」是導致自己無法做出公正判決的「賄賂」。因此，如果想擺脫互惠法則帶來的人情壓力，就要懂得婉拒別有目的的好意。

當然，也有人會說：「站在白鶴的立場上，紅鶴帶來的不是賄賂，而是禮物吧？」就像新聞在報導貪汙事件時，當事人經常表示：「我不知道那是賄賂，以為是關係好，所以對方才送禮。」但通常足以擾亂個人判斷的禮物，就很有可能是賄賂，我們最好懂得加以警惕。

對此，韓國工商總會曾列出「區分禮物與賄賂的基準」，內容如下：

- 收下後也能睡得心安理得的就是禮物，讓人輾轉難眠的就是賄賂。
- 被他人知曉也沒有問題的就是禮物，否則即為賄賂。
- 在其他職位上也能收到的就是禮物，否則即為賄賂。

—延伸學習—

想擺脫不正當的請託，就要銘記「自我驗證」理論

即使不是基於「互惠法則」，我們也有可能被賄賂，理由就在於「自我驗證」。所謂的「自我驗證」，指的是**對理解自己的人產生好感。**

羅徹斯特大學的珍妮弗·卡茨（Jennifer Katz）教授做了一項實驗，打算進一步了解人們對哪些稱讚會產生好感。她讓實驗參與者寫一篇簡短的自我介紹，並以此為基礎給予稱讚。例如「我叫金哲洙，興趣是畫畫」，隨之而來的稱讚就分為兩種：

a 你喜歡畫畫，真是太棒了！

b 真是一位既親切又帥氣的人！

接著，研究人員詢問受試者哪一種稱讚會讓他們心情更好、更有好感。乍看之下，其實兩句都是讚美之辭。但實驗結果顯示，對a較有好感的人高出百分之三十左右，理由是對方稱讚了自己也同意的部分。換句話說，當對方也能看出我所認知

的自我面貌時，我們就會產生一種真正獲得認可的感覺。

行賄者一般都深諳這種心理，因此，他們不會單純地只送禮，還會極力吹捧對方，給人一種「他真的了解我的價值」的感覺。如此一來，受賄者就一定會與行賄者站在同一陣線。而我們唯有事先認識這種心理學概念，才能保護自己免於受到不正當的委託。

12 集團的強大與個人的努力成正比？

〈變短的褲子〉的林格曼效應

從前從前，某座村莊裡住著一位富翁和三個女兒。女兒們為了繼承大筆遺產，爭相侍奉在父親左右，所以富翁覺得自己的女兒是全世界最孝順的。不過，村民們都說，比起富翁的三個女兒，鄰村書生的三個女兒才稱得上是真正的孝女。富翁很好奇，究竟為什麼書生的女兒，會比自己的女兒更受讚揚呢？

在某個炎熱的夏日，富翁前往書生的家拜訪。書生很高興地出來迎接他入內，但下半身穿的是一條露出膝蓋的短褲。

「不管天氣再怎麼熱，穿著和文人形象不符的短褲好像有點……」

富翁覺得很奇怪，於是委婉地問了書生：

「為什麼穿著露出膝蓋的短褲呢？」

書生哈哈大笑，談起了褲子變短的原因。

幾天前，書生收到了遠方親戚送的布料，他正愁沒有合適的衣服穿，所以決定用那匹布縫製一件夏裝。然而，當他穿上新做好的衣服時，發現褲子長了一尺，幾乎整個拖在地面上。於是，書生站在女兒們的房外，咳了幾聲後說道：

「孩子們，誰幫我把褲子改短一點吧！」

「好！」

三個女兒齊聲回答。

隔天下午，書生打算穿那條褲子出門。但是，修改過後的褲子變得太短，連膝蓋都露出來了。

書生大吃一驚，把三個女兒全都叫來。

「我昨天不是說把褲子改短一尺就好嗎？現在修得這麼短，根本沒辦法穿出去呀！」

大女兒歪著頭說道：

「真奇怪，昨天晚上我按照爸爸說的，明明只把褲子改短一尺啊。」

這時，二女兒嚇了一跳。

「姊姊昨晚就修改了嗎？怎麼辦，我不知道姊姊已經改了，今天清晨起來又把褲子改短了一尺。爸爸，對不起！」

聽著兩個姊姊的對話，小女兒也悄悄補了一句：

「這可怎麼辦？我不知道兩位姊姊已經改好了，今天早上又再修短了一尺。」

三個女兒不知所措，紛紛請求父親的原諒。於是，書生笑著說道：

「沒事的，孩子們！你們改短的這條褲子，才是最適合我的褲子！」

聽完這個故事後，富翁點頭表示贊同，接著就返回自己的家。

富翁決定考驗一下自己的三個女兒是否真的孝順。於是，他拿著一件褲子對女兒們說：

「孩子們，這件褲子太長了，我沒有辦法穿。明天中午前你們誰幫我改短一尺吧！」

「沒問題！」

富翁的三個女兒齊聲回答。

可是，第二天下午，富翁發現褲子的長度還是和昨天一樣。

富翁把三個女兒叫了過來。

「孩子們，我昨天晚上不是請你們幫我把褲子改短嗎？為什麼今天長度還是沒變呢？」

大女兒瞪著圓滾滾的眼睛說道：

「什麼？褲子的長度還是和之前一樣嗎？我以為二妹會負責修改。」

二女兒又望向三女兒說道：

「這種事理當由老么來做吧？」

接著，三女兒生氣地表示：

「我對針線活還不熟，怎麼能讓我負責呢？這種事應該由姊姊們看著辦吧！」

見到這幅情景的富翁，不禁深深地嘆了一口氣。

可以理解富翁忍不住嘆氣的心情。一直以來，他都認為自己的女兒們最孝順，並為此感到驕傲，但實際上她們連修短褲長這樣微小的請求，也互相推託。

為什麼富翁的女兒們沒有幫父親把褲子改短呢？真的是因為不孝嗎？當然，如果她們只覬覦父親的財產，而不願回應父親的請求，就足以稱之為不孝。但是，如果女兒們為了討父親歡心，幫忙把褲子改短的話，就可以稱為真正的孝順嗎？換句話說，女兒沒有回應父親的請求，就能斷定她們不孝嗎？

這種情況，不僅僅發生在童話裡，只要稍微環顧四周，很容易就能找到類似的案例。像是在大學做個人作業時，通常會全力以赴，但如果是團體報告，就經常互相推卸或賣弄小聰明，不願意認真看待。這種現象，在組員人數愈多時就愈嚴重。此外，像是和朋友一起去露營，若事前沒有明確規劃出各自負責的物品，就會遺漏很多該帶的東西，最後還可能互相指責：

「我以為你會帶！」

讓我們再來看看另一個相似的故事吧！

某座村鎮預計舉辦一場慶典，里長向村民們提議：「大家各自帶一點葡萄酒來倒

進大酒桶裡，慶典當天一塊享用吧！」村民們紛紛表示贊同，每個人都從家裡帶來一點葡萄酒倒進桶內。慶典前夕，酒桶已經被裝得滿滿的。慶典當天，前來參加盛會的居民們心情雀躍，合力把酒桶裡的葡萄酒倒出來。但令人驚訝的是，酒桶裡倒出來的不是酒，竟然是白開水！原來，村裡的每個人都抱著「只有我一個人倒水沒差吧」的心態，往酒桶裡倒了白開水。

到底為什麼會發生這種事呢？人愈多不是愈有利嗎？

答案可以從以法國農業工程學者命名的**「林格曼效應」**（Ringelmann Effect）中找到。林格曼（Maximilian Ringelmann）為了評估個人在團體中的貢獻度，以拔河競賽進行了實驗，假說如下：

「參與的人愈多，個人貢獻的力量也會隨之增加。」

乍聽之下似乎理所當然，但結論卻出人意料。

實驗結果顯示，若只有一個人參與拔河，當事人就會發揮百分之百的力量；若參加者為兩名，每個人發揮的實力大約為百分之九十三。接著，三個人參加時為百分之八十五，四個人一組時則為百分之四十九，隨著人數上升不斷遞減。換句話說，**參加的人愈多，每個人出的力就愈少**，發生了所謂**「在團體中偷懶」**，亦即**「搭便車」的現象**。

引發「林格曼效應」的主要原因，就是「不差我一個」的想法。童話故事中富翁的三個女兒，也是基於同樣的思維才毫無動作。這種態度又被稱為**「社會性懈怠」**（Social Loafing），意即**身處團隊之中時，覺得自己就算沒有竭盡全力，其他成員也會「把我的份一起做完」**。

此外，出現「林格曼效應」的另一個原因，就是所謂的**「最小化戰略」**。意指人們**渴望用最少的力量，來獲得最大成果**的心理。

那麼，有沒有辦法可以防止林格曼效應發生呢？答案就在書生的三個女兒身上——「這件事非我不可」的主人翁精神。書生的三個女兒都覺得「這件事應該由我來做」，所以三人皆主動去修改褲子的長度，最後書生的褲子足足變短了三尺。就像這樣，如果**大家都把事情看作自己的責任，各自盡最大努力，展現出的效果將會**

倍增。這種現象稱為**「協同效應」**（Synergy），恰好與林格曼效應相反。

協同效應並不是只要人數多就會出現，關鍵在於團隊成員們抱持何種想法。因此，十個人都覺得「這件事該由我來做」，和一百個人都想著「不差我一個」，前者將能取得更好的成績。

還有一種方法可以預防林格曼效應，就是明確規定出各自的工作。假如富翁一開始不是說「你們誰幫我～」，而是指定「大女兒，你最擅長針線活，幫我把褲子修短一尺吧」，那麼最終肯定能取得合身的褲子。書生的情況亦然，「老么啊，你就當作練習一下針線，幫我把褲子修短一尺吧」，倘若書生確實分配好工作，就可以不用穿露出膝蓋的褲子了。

美國亞利桑那大學行銷心理學系的羅伯特．席爾迪尼（Robert Cialdini）教授，曾做過一個與上述理論相關的實驗。他為實驗設計出如下的情境：

1 某位青年在受試者附近，一邊聽音樂一邊享受日光浴，接著投入大海的懷抱。

2 過了一會兒，扮演小偷的研究助理悄悄地走近，偷走了青年的錄音機和其他隨身物品。

席爾迪尼教授重複做了二十次實驗，但是在二十名受試者中，只有四人打算抓住那名小偷。

接著，在同樣的情境下，青年改為先拜託身旁的受試者「幫我留意一下隨身物品」，然後才進入大海裡。結果令人驚訝的是，在二十名的受試者當中，有十九人都試圖阻止小偷的行為。因為明確指定出受試者要做的事，所以林格曼效應的影響也大幅減少。

—延伸學習—

比起空泛的口號，不如訂出明確的目標

美國最具代表性的購物網站亞馬遜，透過「**兩個披薩原則**」進一步強調了小規模團隊的重要性。意即，**一個團隊的最佳規模，是可以共享兩個大披薩來填飽一餐的六～十人。**

亞馬遜的創辦人傑夫．貝佐斯（Jeff Bezos）認為：團隊人數不應超過兩個披薩能餵飽的人數，否則在人多的情況下，會議時很難提出創新的想法。換句話說，只有將人數控制在六～十名左右，成員之間才能順暢地溝通，並且迅速做出決定。此外，個人也會產生較強的責任感，對工作全力以赴。

這種說法很有道理。通常我們在和關係親密的人相處時，會比和陌生人在一起時升起更多的責任感。在這種環境下，所屬團體的成功就像個人的成功一樣重要。因此，若想減少林格曼效應，就必須打造出適當的環境，讓團隊成員們親密無間。

此外，比起空泛地要求團隊「想到什麼就提出來」，或是「全力以赴吧」，不如訂定「明天每個人提十個新點子」、「一百天零失誤」等具體目標。唯有如此，才能提升協同效應帶來的力量。

13 依靠比自己強大之人的心理

〈不值得信賴的書生〉的與有榮焉效應

從前從前，住在同一個村子裡的金書生和黃書生，為了參加科舉考試而前往漢陽。兩個人朝夕相處，每天一起吃飯、一起睡覺，關係非常親近。

某天，兩個人在客棧住了一宿，接著來到一口井的旁邊。

就在金書生打算喝口水的時候，發現瓢子裡有什麼東西在閃閃發亮。仔細一看，竟然是塊沉甸甸的黃金。

「天上掉下來的禮物呢，哈哈哈！」

金書生把黃金塞進包袱，看到這番情景的黃書生也表示：

「是啊，我們真幸運。」

兩人在井邊稍作休息，不一會兒又接著上路。走了一段時間，突然有人在後面叫住他們。仔細一看，是個長得凶神惡煞的男子，氣喘吁吁地跑過來。

「兩位剛才在井邊沒有看到黃金嗎？我喝水的時候不小心落下了。」

看起來應該是金塊的主人。然而，金書生心裡忍不住覺得可惜，又想著對方或許不是真的失主，所以就支支吾吾地回答道：

「怎麼說呢，好像有看到，又好像沒見著……」

「哪有這種事，一定是看到後占為己有了吧？」

男子開始追問。

金書生驚慌地辯解：

「啊，不是那樣的……」

就在這時，性急的男子揪住金書生的衣領，嚇得他趕緊把黃金從包袱裡拿出來還給對方。男子離開之後，在一旁靜靜觀看的黃書生說道：

「就說別高興得太早，你真倒楣！」

金書生聽到後勃然大怒。

「你這個不值得信賴的人！我撿到金塊時，你說『我們真幸運』；我遭殃時，你卻說『你真倒楣』。好事的話是『我們』，壞事的話就是『你』嗎？真是個討人厭的傢伙！」

語畢，金書生就頭也不回地離去，黃書生慚愧得臉都紅了。

當金書生撿到金塊時，黃書生的用語是「我們」；當他因為黃金而陷入糾紛時，黃書生卻改口說是「你」。其實，不光是黃書生，類似的行為在我們的日常生活中也屢見不鮮。例如看到電視上的藝人時，經常會說「我們是同一所高中畢業的」，或者「我以前和他在路上打過招呼」等。但是，幾乎沒有人會在看到連續殺人犯時，自豪地表示「我小時候跟他很熟」。

之所以會出現這樣的行為，原因在就於心理學的**「與有榮焉效應」**（Basking in Reflected Glory）和**「與失敗者切割」**（Cutting off Reflected Failure）。

所謂的「與有榮焉效應」，指的是**告知周圍的人「我與成功者有某種聯繫」，讓自己的形象看起來和對方一樣優秀**。

加州大學的阿爾伯特·哈里森（Albert Harrison）教授與其同事，調查了超過九千位知名人士的生日，並統計出生日在美國獨立紀念日（七月四日）、耶誕節（十二月二十五日）或元旦（一月一日）的人數，以及節日前後三天出生的人數。

從統計學上來看，在獨立紀念日、元旦等特殊節日出生的人數，與在非特殊節日出生的人數相似。也就是說，在獨立紀念日出生的人數，幾乎等同於在獨立紀念日前一天或後一天出生的人數。不過，哈里森教授在調查中卻發現了奇怪的現象：在美國獨立紀念日、耶誕節或元旦出生的人數，大幅高於在節日前後三天出生的人數——這種機率根本微乎其微。

著名的爵士音樂家路易·阿姆斯壯（Louis Armstrong）曾說過：「我出生在美國的獨立紀念日七月四日。」他也在當天為自己舉辦了生日派對慶祝。但是，直到阿姆斯壯去世後，透過位於新奧爾良的聖路易斯教堂的出生申報紀錄，才發現他真正的生日是在八月四日。換句話說，七月四日這個生日是假的。

而哈里森教授的調查發現：知名人士很有可能為了把自己和特殊節日連結在一起，所以向他人謊報生日。

哈里森教授的研究小組接著做了另一項調查，這次，他們把對象鎖定在神職人員。首先，研究小組將神職人員分為職務在主教以上者，以及在主教以下的人，並且對他們的生日進行調查，統計出在耶誕節當天出生的人數。按理來說，兩組在耶誕節出生的人數比例，應該不會有太大的差異。但是，調查出的結果卻與預想不同：職務在主教以上者於耶誕節出生的比例，明顯高於主教以下的神職人員。由此可見，和前面路易·阿姆斯壯的例子一樣，職位愈高的神職人員，就愈有可能因為「與有榮焉效應」而說謊。

「與有榮焉效應」有時也會被運用在行銷戰略方面，例如宣傳時強調「韓國演歌女王〇〇〇的故鄉」，將鄰里與知名人士相連，藉此提高形象。

和「與有榮焉效應」相反的概念為「與失敗者切割」，意指**避免和周圍的失敗或負面評價產生關聯**。就像童話中黃書生一看到金書生遭殃，就改以「你」來描述事件，試圖保持距離一般。在現實生活中，我們通常會擔心自己與被排擠的人走太近，就會遭受波及，所以總是刻意迴避。

對此，心理學家羅伯特·席爾迪尼（Robert B. Cialdini）做了一項實驗。研究人員打電話訪問了觀看校際美式足球比賽的大學生們，當中有一半的學生是來自贏得比賽的學校，另一半則是輸掉球賽的學校。接著，研究人員將通話內容錄下來，逐一進行分析。實驗結果發現，若自己的學校贏得比賽，學生們在說明時使用「我們」這個詞的頻率會更高，例如：

「我們以十七比十四贏得了比賽！」

當自己的學校輸掉比賽時，學生們在描述時就不太使用「我們」這個詞，而是用「他們」來取代。

「我不太記得最後是幾比幾，總之他們輸了。」

「本來可以進入前幾名的，但他們輸掉了比賽。」

透過實驗可以發現，當自己所屬學校的球隊獲勝時，學生們會想把自己和球隊畫上等號；但是在輸球時，學生們就會希望盡量與球隊劃清界線。

在相同邏輯下，席爾迪尼又做了一項類似的實驗。這一次，他觀察在美式足球賽中獲勝的隊伍，其同校學生會表現出什麼樣的態度。實驗結果發現，當自己所屬學校的隊伍獲勝時，學生們穿上印有校徽衣服的情形就會更普遍。

學生們為什麼在所屬學校的球隊獲勝時，更常把印有校徽的T恤穿出去呢？關鍵就在於「與有榮焉效應」。也就是說，他們覺得讓其他人知道自己與獲勝球隊的關係，可以順道提升個人形象。

我們必須更加客觀地看待「與有榮焉效應」，因為當某人斬獲成功時，人們就會想炫耀與他的交情或緣分；反之若某個人發展得不好，人們就會試圖與他保持距離。

然而，人生不可能總是一帆風順。就像童話結尾金書生向黃書生訓斥道：「你這個不值得信賴的人！」一般，如果根據成功和失敗表現出不一樣的態度，就稱不上是真正的人際關係。

—延伸學習—

想展現真實的自我面貌，就必須留意「對比效應」

「與有榮焉效應」並不總是能產生助益，我們可以從下面的例子中看出來：

在某次採訪中，韓國演員姜棟元被記者問到「是否曾經懷疑過友情」時，他如此回答：「高中時住宿舍，大概有兩週的時間，室友們一到晚上就不見人影，我一度覺得自己是不是被排擠。」後來才知道，室友們之所以晚上都不在宿舍，是因為偷偷去和女生見面，讓他有遭受背叛的感覺。對此，姜棟元的朋友們解釋道：「如果你也一起去的話，女生根本連看都不看我們一眼啊！」

姜棟元的朋友們是不是知曉心理學概念呢？就算不懂，也可能是本能地感受到——**當自己與非常有魅力的人站在一起，就會相對被比下去**，這在心理學上稱為**「對比效應」**，和「與有榮焉效應」是相反的概念。

那麼，什麼時候適用「與有榮焉效應」，什麼時候又會出現「對比效應」呢？據研究結果顯示，假如我和對方的關係非常要好，就會適用「與有榮焉效應」；但如果對方只是偶然出現或暫時性的關係，就會產生對比效應。某項實驗指出，人們在看完電影《霹靂嬌娃》後，對戀人在外貌上的評價會變得較低。亦即，情侶一起觀看高顏值演員擔任主角的電影，再忽然看到自己的戀人時，就會覺得對方似乎沒有以前那麼漂亮。

關於對比效應，英國的哲學家約翰．洛克（John Locke）曾說過這樣的話：

「先前摸過的水溫，會影響接下來摸溫水時感受到的冷熱。」

因此，根據身邊的人不同，他人對我的評價也會不一樣。若想讓對方看到自己真實的一面，就要注意別被「與有榮焉效應」或「對比效應」影響。

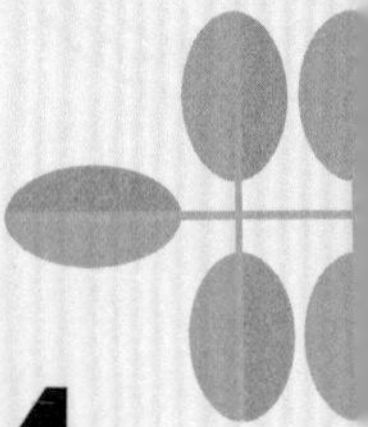

14

挫折感愈大，攻擊性就愈強

〈漁夫與魔神〉的挫折攻擊假說

從前有個漁夫家境貧窮，某天他把撒在海裡的網子拉上來時，發現裡頭沒有捕到半條魚，而是撈到一盞舊油燈。油燈的蓋子被蜜蠟緊緊封住，上面還蓋著所羅門王的封印。漁夫感到十分好奇，於是就將油燈的蓋子撬開查看。瞬間，一股濃濃的白煙和巨大的魔神，從油燈裡冒了出來。

原來，魔神被所羅門王封印在油燈裡，多年來皆沉於海底。不過，魔神一從油燈裡逃脫，就打算要殺死漁夫。漁夫覺得非常委屈，便向魔神追問道：

「明明是我把你從燈裡面救出來的，為什麼要殺我呢？」

「剛開始被關進油燈裡時，我曾下定決心，不管是誰把我救出去，我都會告訴他巨額寶藏的埋藏地點。可是，經過了多年，一直都沒有人把我救出來。於是，我又再度發誓，只要有人把我救出去，我就會為他實現三個願望。最後，還是沒有人來救我。憤怒之下，我決定將來無論是誰解開封印，我都要立刻殺了他。」魔神如此回答。

走投無路的漁夫，只好使出最後的計謀。

「不過，你真的是從這盞小油燈裡出來的嗎？我才不信呢！如果你能證明給我看，我搞不好會相信你說的話。」

上當的魔神瞬間化為一縷白煙，再次進到了油燈裡。漁夫見狀，趕緊抓住機會把油燈蓋起來。

這則童話乍看之下很難理解，因為魔神的態度就像「揹著包袱落水，被救起後反倒向對方追討錢財」。若只是想奪取錢財就算了，但魔神要的竟然是漁夫的命。被關了那麼長時間，多虧漁夫的幫忙才得以逃出，按理說魔神應該要感謝對方才是，但情況卻完全相反。到底為什麼魔神會想殺死拯救自己的漁夫呢？

魔神的這種行為不只是童話，其實每個人的心中也都帶有攻擊性。對此，心理學家佛洛伊德主張：「人類不僅有生之本能，同時也具有意圖破壞的死之本能。」而最好的證明，就是看似不諳世事、惹人憐愛的孩子，有時也會表現出攻擊性。例如在弟弟或妹妹出生後，孩子會趁父母不注意時偷抓他們的臉，或者搶奪朋友的物品，刻意弄壞對方好不容易才堆起來的積木等。至於青少年呢？有時看到媒體連日報導部分青少年的惡毒行徑，網友們甚至會忍不住表示：主張性善論的孟子，應該要向主張性惡論的荀子認錯才對。

心理學家對這種攻擊性做了許多研究，其中的**「挫折攻擊假說」**（Frustration-Aggression Hypothesis），恰好能夠解釋童話中魔神表現出的行為。所謂的「挫折攻擊假說」，意指產生攻擊性的原因之一為「挫折感」，**也就是在經歷挫折時，採取攻擊性行為的可能性會增加。**

理解這項心理學概念時，有一點需要特別注意：**挫折感不一定會誘發攻擊行為，也不是讓人產生攻擊性的唯一原因。**換句話說，攻擊性的來源有很多種，可能是神經學方面的因素，也可能來自於學習。「挫折感」這樣的負面情緒，只是可能引發攻擊性的原因之一，因此，心理學家們將之稱為挫折攻擊「假說」。

被譽為社會心理學之父的庫爾特·勒溫（Kurt Lewin），曾經和同事們做過一項實驗，充分呈現出挫折感與攻擊性的關聯。

研究者在房間裡擺滿玩具，讓孩子只能觀看不能觸摸，孩子們好不容易忍了下來。一段時間後，研究人員允許孩子們拿玩具玩耍，但眼前的景象卻令人大吃一驚——孩子們開始敲打或破壞玩具，甚至把它們扔向牆壁，表現出攻擊性的行為。

就像這樣，挫折會讓人類的攻擊性上升。不過，此處必須明確區分挫折與缺乏的差別，孩子們並不是因為摸不到玩具，基於一時性的匱乏才產生攻擊行為，而是玩耍的權利遭受不當剝奪，因為感到挫折所以出現攻擊性。事實上，攻擊性在單純物質匱乏的狀態下很少發生。但是，如果遇到意想不到的情況，或因不合理的原因而得不到自己想要的事物，情況就會完全不同。這種時候感受到的挫折，會促使攻擊性大幅增加。

心理學家詹姆斯·庫利克（James Kulik）和羅傑·布朗（Roger Brown），做過一項與此相關的實驗。研究人員將受試者分成兩組，請他們打電話協助募款，並且補充說明道：

「如果能說服對方捐款，我們將會提供獎金做為報酬。」

此外，研究人員更暗示某一組「上次電訪時，有捐款意願的人比想像中多」，讓該組的受試者預期可以賺到大筆獎金。而針對另一組受試者，研究人員則表示「有捐款意願的人比想像中少」，降低他們對獎金的期待。

接著，受試者從研究人員那裡拿到名冊，開始一一撥打電話募款。然而，名冊上列的名單，其實都是這場實驗的協助者，他們已經事先串通好，只要接到受試者詢問捐款意願的電話，就會一概婉拒。

實驗結果發現，與不太抱有期待的受試者相比，滿懷期待撥出電話的受試者們，面對拒絕時會爆出較粗魯的言語，甚至砰一聲把電話掛掉。他們因為自己沒有預料到的情況而倍感挫折，表現出了攻擊性。

此外，研究小組還做了進階版實驗，觀察人們被不合理的原因阻斷欲望的情況。這次，研究人員將實驗協助者分成兩組，在拒絕捐款電話時，其中一組會向受試者說明合理的原因，例如「經濟上沒有餘裕，難以捐款」；另一組則提出荒謬的理由，像是「人類有同情他人的權利嗎？捐款根本是白費力氣」等。在前述情境下，受試者聽到荒謬的理由時，會比聽到合理的原因時更加憤怒。

讓我們再回到童話上吧。魔神完全沒有預料到自己會被所羅門王關在油燈裡，可能為此深感挫折。且就算魔神做錯了什麼，這樣的處罰也非一次性的，而是永遠的囚禁，對魔神來說既荒唐又不合理。於是，魔神的挫折感便激起了攻擊性。

不過，魔神如果下定決心要殺人，對象也不該是救自己的漁夫，而是所羅門王吧？通常，攻擊的目標理應是為自己帶來挫折感的對象。

在表露出攻擊性時，假如對自己造成傷害的對象已不存在、力量凌駕於我，或者是不可抗力的自然現象等，一般會改以其他目標取代，而這個對象就是所謂的「犧牲羊」。亦即，就魔神的立場來看，招致挫折感的對象應該是所羅門王或囚禁自己的油燈，但前者力量強大，後者又沒有生命。因此，魔神為了消解挫折感所帶來的攻擊性，乾脆選定自己的恩人做為目標。

人類不僅有生之本能，
同時也具有意圖破壞的死之本能。

—延伸學習—

挫折攻擊假說，也跟間歇性爆怒症有關

讓我們將挫折攻擊假說的涵義，進一步擴大到社會上吧！近年來，對陌生人施以暴行的「無差別攻擊」事件層出不窮，這種犯罪案件有一個代表性的共同點，就是嫌犯都經歷了對現實的不滿與挫折。

例如以新冠病毒為導火線，歐洲社會厭惡亞洲人且施暴的事件急遽增加。因為新冠疫情爆發後，原本的日常生活受到諸多限制，許多人對此懷著強烈不滿。原本以為只要忍耐一下就可以撐過去，但疫情比想像中延續得更久，從被稱為「Corona Blue」的憂鬱症開始，到無力感逐漸累積，最後轉變為憤怒：「還要在家待到何時？」、「什麼時候才能再去熱鬧的地方？」、「政府到底都在做什麼？」、「那些人為什麼不戴口罩還走來走去？」……就像這樣，人們的性格變得日益敏感，連平時可以忍過去的事都會大發雷霆。

當整體社會都充滿挫折感時，就必須連帶思考會出現多少混亂和失序。例如因為

被瞄了一眼，就毆打路過的七十多歲老爺爺，或是只因為自己心情不佳，就用磚塊砸傷路人等；這些類似的事件，加害者大多都是攻擊身體力量比自己弱小的對象，如同童話中魔神把漁夫當作目標一樣。經歷過無數挫折的人，往往都會把矛頭指向比自己更弱小的存在。

因此，當深陷挫折而感到憤怒時，必須懂得適時調節情緒，避免將這種憤怒轉移到無辜之人的身上。

15

「人要衣裝，佛要金裝」的心理學分析

〈書生的衣服〉的刻板印象與偏見

很久很久以前，某個村子住著一名學識淵博的書生，這名書生相當節儉，衣著打扮總是讓人感覺非常不起眼。

某天，一位身居高位的官員下令：「我的壽宴馬上就要到了，全村的人都得來參加，一個都不准缺席！」壽宴當天，書生穿著和平常一樣的服飾就出門了，抵達官員的宅邸時，裡頭早已人山人海。然而，宅邸的守衛一看到書生破舊的服裝，便阻止他入內。

官員見到這幅情景，立刻吩咐下去：「今天是充滿喜慶的日子，讓大家都進來參加宴會吧！」守衛這才放書生通行。好不容易進到屋內，在管家的帶領下，書生於角落的位子入座。接著，僕人就將酒和小菜放在一張狹窄的桌子上，要求他吃完後就趕緊離開。

書生環顧四周，想找找看有沒有人願意一起用餐，但所有人都迴避他的視線。於是，感覺被侮辱的書生起身離開，逕自返回家中。

回到家後，書生脫下破舊的衣服，換上了莊重的服飾。接著，他再度前往舉辦宴會的官員宅邸。這次，守衛看到書生，立刻畢恭畢敬地打招呼，絲毫沒有認出他就是先前吃了閉門羹的書生。

一進到屋內，方才那位管家就趕緊跑過來，將他帶到一個舒適的座位上。管家也沒有認出他就是先前那位書生。

才剛坐下來，之前那些連正眼都不瞧他一眼的人，紛紛走過來敬酒。這時，書生接過酒倒在自己的衣服上，然後感嘆道：

「衣服啊，喝一杯吧！這酒不是給我的，是給你的！」

這則童話諷刺了以衣著辨人的世態，俗話說「人要衣裝，佛要金裝」，服飾對我們的影響，其實比想像中還要大。試想，若有一位衣著講究的老紳士坐在幽靜的公園長椅上，我們大概不會有什麼特別的想法。但是，如果這位老人衣衫襤褸的話，我們又會做何感想呢？說不定會心生同情，然後覺得社會應該給予獨居老人多一點關愛和溫暖。就像這樣，人們傾向用衣著打扮來判斷他人，而原因就在於我們對衣著懷有**刻板印象**與**偏見**。

在童話裡，守衛基於「衣服破舊等於閒雜人等」的刻板印象與偏見，打算把書生趕走。雖然我們會指責守衛為人刻薄，但事實上很多人都有類似的舉動。

心理學家約翰．莫洛伊（John Molloy）曾做過一項實驗，得以看出人們對服飾的刻板印象是如何發揮影響力的。首先，他讓穿著高級服飾的實驗協助者走進一間飯店，而且是趁他人入內時一起走進去。結果發現，在門口遇到的人當中，大約有百分之九十四都會先讓路給衣著高級的實驗協助者。

接著，研究人員再讓他穿上破舊的服飾，進行了相同的實驗。結果，在偶遇的人當中，約有百分之八十二的人沒有選擇讓路，甚至還有百分之五的人對他加以辱罵。兩個實驗的差異，就只在於換了服飾而已。

或許，大部分的人在遇到衣著高級的實驗協助者時，腦海裡都閃過這樣的想法：

「穿那麼貴的衣服，應該是管理階層的人吧！給這樣的人留下好印象，一定沒有壞處！」

但是，當遇到穿著破舊的實驗協助者時，人們可能會這麼想：

「哪來的流浪漢！」

另一項由社會心理學家史丹利・米爾格蘭（Stanley Milgram）做的實驗，也可以說明人們對於穿著的刻板印象與偏見。他要求實驗協助者穿越馬路，且一次穿著工作制服，另一次則是穿上西裝。實驗結果發現，與穿著制服時相比，在穿著西裝時，有較多的人跟著他穿越馬路。

如果一定要穿上高級服飾才能獲得良好待遇，那我們是不是應該只挑高價、高品質的衣服穿？甚至不惜欠債也要買高檔的服裝？其實，根據米爾格蘭後續的實驗，發現服飾的價格高低不會帶來多大的影響。真正的重點不是衣服的售價或質量，而是看起來必須「乾淨俐落」。做為參考，選擇服裝時的關鍵在於「T.P.O」，亦即搭配服裝時考慮「時間」（Time）、「地點」（Place）與「場合」（Occasion）。事實上，童話裡的書生前往參加盛大的宴會時，應該一開始就選擇乾淨俐落的服裝。

這種刻板印象和偏見，除了服裝方面之外，也廣泛發生在人種、性別、宗教、職位、地區和國家等層面。從辨別居住地區、猜測血型開始，到「公務人員都是死腦筋」、「瘦的人性格比較嚴謹」、「首爾人愛計較」等，多不勝數。這種刻板印象與偏見，很可能來自於幼時的環境和教育，所以根本無法徹底消除。例如某些國家的人會吃油炸蜘蛛或蜈蚣，但就算有高蛋白、營養價值高等科學根據，你大概也不太願意嘗試。

為什麼會產生刻板印象和偏見呢？大致可以歸納出五個原因。

首先是**方便**。我們在判斷一個人時，藉由對方的單一面向可以輕易得出結論，這種思維相當方便。因此，倘若沒有特殊緣由，我們不會進一步去認識對方的全貌。

其次是**熟悉**。愈是符合自己想法的信息，就愈容易記起來。例如人們看到經常發脾氣的大齡未婚女時，下意識地認為「剩女才會這樣歇斯底里」。因為平常就聽聞大齡未婚女情緒不穩，所以絲毫不考慮其他層面，直接就下了定論。

第三是**錯覺相關**。所謂的「錯覺相關」，指的是兩個事實之間不存在任何關聯，但人們卻誤以為兩者彼此相關。類似的現象，特別容易出現在少數群體身上，光是人數處於弱勢這個理由，就讓他們在做出不良行為時，更加容易被大眾記住，像是與外籍移工有關的犯罪事件等。

第四是**學習**。在日常生活中，我們會不知不覺學到一些刻板印象，有可能是來自於個人經驗、家人、周圍朋友、社會文化或大眾媒體等。

第五是**政治因素**。在權力鬥爭中佔上風的集團，為了維持自身勢力，可能會給競爭對手捏造刻板印象和偏見。

那麼，刻板印象和偏見真的無法打破嗎？換句話說，對於這種刻板印象和偏見，我們永遠只能身兼加害者與被害人嗎？事實上，刻板印象和偏見的確很難改變，但是，透過美國奧克拉荷馬大學社會心理學家穆扎弗·謝里夫（Muzafer Sherif）的著名實驗，我們可以找到克服的方法。

在這項實驗裡，研究者召集青少年們舉辦了一場童軍營，然後將他們分成響尾蛇隊與老鷹隊，並各自在不同的區域搭建帳篷。接著，兩隊都在帳篷前設置了「禁止進入」的告示牌，一邊完成研究者下達的任務，一邊創造出隊伍專屬的規則與氛圍。隨著時間流逝，研究者透過遊戲讓兩隊展開競爭，結果少年們不僅開始指責他隊，甚至還出現辱罵、吵架的情形。

研究人員為了讓雙方和解，以**「接觸假說」**（Contact Hypothesis）為基礎，給予兩隊經常見面的機會。所謂的「接觸假說」，指的是**見面次數愈頻繁，就愈會增加對彼此的好感**。因此，研究人員讓兩隊一起用餐、看電影等，但他們的關係依舊沒有改善。

後來，研究者們經過一番苦思，終於想出了其他方法——交給他們一項唯有齊心協力方能完成的課題。像是為了去電影院看電影，一起想辦法籌錢，或是把因車禍掉進泥坑裡的卡車拉出來等。藉由這樣的方式，兩隊的糾紛才逐漸趨於緩和。

上述的實驗內容如果套用在日常生活裡，最具代表性的例子就是運動會或奧運。讓我們回想一下韓國在二〇〇二年世足賽時的情況吧！當時，韓國人在街頭上與陌生人互相擁抱，一起慶祝韓國足球隊首次踢進四強。在這些人當中，有與自己政治立場相反的人，也有追求不同價值的人。

也就是說，如果想要打破刻板印象與偏見，創造共同目標然後攜手合作，會比單純地頻繁見面更加有效。當然，這樣的方式只在任務成功時才可能實現，假如目標失敗，大家就會互相推卸責任，彼此的矛盾也會益發嚴重。

每個人都免不了帶有刻板印象與偏見，這種思維對我們造成了強烈的影響。假如「高中畢業生能力不足」之類的想法在社會上蔓延，那麼只有高中學歷的人將很難找到工作。到頭來，因為高中畢業生難以就職，這種現象又會再次強化「高中畢業生能力不足」的偏見。為了打破這種惡性循環，我們應該努力不讓刻板印象和偏見，演變成普遍性的差別與歧視。

為了打破惡性循環，
我們應該努力不讓刻板印象和偏見，
演變成普遍性的差別與歧視。

—延伸學習—

用幽默打破刻板印象

若想消除刻板印象與偏見，刻意扭轉也不失為一種方法。

韓國歌手 K Jun 曾在推特上傳過一段文字：

被委託製作一所中學的校歌，據說是比較新潮的學校，請我用 RAP 編曲。讓我
來展示一下校歌的革新。

學校超棒的就是用新鮮食材供應美味餐點！
clap your hands everybody, everybody clap.
其他學校都沒有這種校歌
大家一起拍手，一起拍手！

看到這則貼文的網友們雖然半信半疑，但大多數人都覺得有趣。「如果校歌用RAP唱的話……」這樣的創意為什麼會帶來歡笑呢？一般校歌都是從「繼承某座山的靈氣」起頭，鼓舞學生成為引領國家和世界的大人物，聽著聽著內心就會跟著澎湃激昂。可是，現在居然要用RAP演唱校歌！過去從來都沒想過，所以讓人倍感新鮮。藉此，刻板印象和偏見也逐漸被打破。

某地區的公務員用小畫家製作慶典活動海報，展現出有別於主流的「B級感性」，在千篇一律委外設計的海報中，明顯地獨樹一格，獲得民眾熱烈的讚賞。看過海報的人紛紛表示：「生平第一次見到這樣的文宣！」打破了政府宣傳品都像教科書的刻板印象。此外，在韓國教育電視台EBS登場的企鵝朋秀，經常到處亂喊社長的名字，不少人看到這樣的情景，都覺得過於荒唐無禮；但藉著朋秀說的「社長放輕鬆，公司運作才會順利」，又同時感到一股替代性滿足。許多人皆表示，因為有朋秀的存在，原本嚴肅的EBS社長也感覺變親切了。

試著扭轉刻板印象，就會看到此前被偏見所遮蔽的世界。假如想見證不存在刻板印象與偏見的真實社會，就嘗試轉換一下個人觀點吧！若能再增添一點點幽默，效果將更加顯著！

16 明理的人也會被假新聞蒙蔽

〈使道的判決〉的確認偏誤

某天，一位富翁被搶走了一千五百兩，而且慘遭歹徒殺害，縣裡的使道*因此帶頭抓捕嫌犯。富翁的家人為了籌辦喪禮忙得不可開交，偏偏這個時候，富翁的養女阿孃聽信鄰居的玩笑話，以為自己會被賣掉，便匆匆逃出了家門。

阿孃漫無目的地流浪，遇見了在某戶人家當長工的男子石鐵，對方正帶著主人給的一千五百兩準備前往市集。這時，使道也恰巧經過，他看到長工手中的銀兩，以及和兩班**女子在一起的模樣，覺得兩人相當可疑。使道以為他們就是殺害富翁的兇手，於是把他們抓進大牢裡審問。

「看到如花般的妙齡女子，哪個男人會不動

* 古代朝鮮的官職，相當於現今的縣市首長。
** 古代朝鮮的貴族階級。

心？看到儀表堂堂的男子，哪個女人會想錯過？你們兩個互相看對眼，想一起私奔對吧？但女方的養父加以阻攔，所以你們就殺害富翁，偷走那一千五百兩！」

使道認為兩人罪證確鑿，當下判決他們斬首之刑。

聽到這個消息後，使道的妻子主張：「不能因為長工的手裡持有一千五百兩，而且又和貴族家的女子在一起，就斷定兩人是犯人。」她請求使道不要草率定案，應該重新調查整起事件。

後來，殺害富翁的真兇被抓到，阿孃和石鐵也洗刷了冤屈。

如果我們也遇到和阿孃、石鐵相同的情況，那該有多鬱悶呢？不管怎麼喊冤，使道都反駁：「犯人難道會承認是自己做的嗎？」認定兩人就是兇手。或許我們會對使道馬虎的判決感到荒唐，但若換作是我們，也極有可能做出類似的判斷，原因就在於**「確認偏誤」**（Confirmation Bias）。

所謂的「確認偏誤」，指的是**人們傾向於證明自己原本的假設或想法**，簡單來說就是「只看自己想看的，只聽自己想聽的」。

這種現象，可以在明尼蘇達大學心理學系馬克・斯奈德（Mark Snyder）教授，以及德克薩斯大學心理學系威廉・斯旺（William Swann）教授的實驗中觀察到。

實驗時，研究人員將女大生分為兩組，並事先告知其中一組將會遇到外向的人，而另一組則會碰到較為內向者。接著，研究人員給女大生們看各式各樣的問題，然後進一步指示：

「請從中挑選一個想問對方的問題。」

研究人員提供的題目，從敘述上就可以一眼分辨出內向與外向。究竟女大生們會如何選擇呢？

多數的女大生都會挑選與個人想法有關的問題。亦即，預期將會碰到外向者的女大生們，選擇了像是「為了炒熱派對氣氛，你通常會做些什麼？」、「在什麼情況下話最多？」等問題，藉以佐證自己的想法。

同樣的，預期會與內向者見面的女大生們，則選擇了「喧鬧的派對有哪些部分讓你覺得排斥？」、「獨處時主要都在做些什麼呢？」之類的提問。

假如對方回答了上述的問題，女大生就會更加篤定地認為「這個人果然很活潑」，或者「他果然是個害羞的人」。其實，無論對方內向或外向，如果問題已經存有預設立場，當然都會和自己料想的相符。

此外，美國普林斯頓大學心理學家約翰．達利（John Darley）的實驗，亦充分證明了人們「確認偏誤」的傾向。

首先，研究人員將受試者分成兩組，並給所有人觀看某個孩子正在考試的影片。接著，研究人員向兩組受試者說明孩子的身分：告知其中一組他屬於上流階層，然後對另一組表示孩子來自低收入戶。接下來，研究人員向所有人公布孩子的考試成績，並請他們為其學業能力做出評價。實驗結果發現，明明兩組看的是同一段影片，接收到的成績資訊也一模一樣，但得知孩子屬於上流階層的組別，對他的學業能力給出了高度評價；相反的，聽到孩子來自低收入戶的組別，則低估了他的學業能力。

就像這樣，當我們處於某種情境，或者在遇到陌生人時，會根據自己的想法選擇性地接收訊息。換句話說，我們會對自己的判斷懷有某種執著。

最具代表性的例子就是「血型」。很多人相信性格取決於血型，因此，如果有人表示自己是A型，人們就會將「小心謹慎」的特質套用在他身上。此後，如果在對方身上發現類似的特質，就會更加確信：「果然是A型！真的很謹慎呢，深怕別人不知道似的。」

此外，股票投資也是相當典型的例子。一般來說，人們在投資股票後，就會更加關注投資項目的好消息。例如比起「業績低於期待值」、「外銷合約存在極多變數」等負面新聞，人們會選擇相信「下半年的成長將大於上半年」、「只要合約簽訂完成，出口量就會暴增」等喜訊。

讓我們再回到童話上吧！某個富翁被搶走一千五百兩，然後慘遭殺害，而調查這起案件的使道，碰巧撞見富翁的養女和拿著一千五百兩的長工在一起。於是，使道理所當然地認為「就是他了」，對兩人窮追不捨。就使道的立場來看，石鐵的眼神莫名地充滿邪氣，阿孃則似乎在隱瞞些什麼。

那麼，究竟為什麼會發生「確認偏誤」呢？美國康乃爾大學的社會心理學家湯瑪斯．吉洛維奇（Thomas Gilovich）曾指出：「人們過分倒向支持個人想法的訊息，是因為在忽略不利的資訊時，心裡會感到較為輕鬆。」

若想判斷某個人或某些情況，首先必須觀察其周圍的資訊。雖然我們都自認為分析時都會最大程度地保持中立和客觀，但事實並非如此——因為大腦會將訊息盡可能簡化，並根據現有的認知與標準進行篩選，而「確認偏誤」就是在這樣的過程中產生。

「確認偏誤」的缺點十分明確，就像童話中的使道一樣，堅信自己的想法就是事實，扭曲了尚未查證的資訊。這種情形，同樣也出現在前述心理學家達利的實驗當中，受試者們普遍認為：上流階層的子女們學習能力較佳，而低收入戶的子女能力肯定較差。因此，假如孩子在考試中答不出來，得知孩子屬於上流階層的人，就會覺得是「題目太難」；反之，聽到孩子來自低收入戶者，就會覺得是孩子本身「沒有念書」。

由此可見，我們在下判斷時必須更加慎重，而非只嘲笑把阿孃和石鐵當作犯人的使道，因為無論是誰，都有可能犯下類似的錯誤。正如前文所言，這些過程，都是大腦為了簡化資訊所做出的努力。

「確認偏誤」並非只發生在特定的人身上。換句話說，不是只有情緒導向或缺乏邏輯的人才會產生「確認偏誤」，而是連處事冷靜的科學家們，在實驗時也可能曲解結果，以證明自己的假說。例如，實驗結果若與自己的假說相符，他們就會認定「果然我的想法沒錯」，而不再進一步檢查過程裡可能出現的漏洞；相反的，如果實驗結果與假說互相矛盾，比起重新思考自己的假設，他們會傾向尋找「實驗過程中是否出現疏漏」。身而為人，這種思維模式難以避免。

為了防止這種情況發生，科學家們使用了哲學家卡爾・波普爾（Karl Popper）提出的**「可否證性」**（Falsifiability）。簡單來說，就是**「所有科學命題都應該要能被否證」**。

例如我們假設「所有天鵝都是白色」，這句話乍看之下很有道理，因為眼前所見的天鵝的確都是白色。但是，如果在某個地方出現黑天鵝，這個假說就會被打破。因此，假說應該修正為「大部分的天鵝都是白色，但也有非白色的天鵝」，如此一來才更加精準。利用否證找出假說中的錯漏，科學方能逐漸變得具體且近乎真理。

「確認偏誤」顧名思義就是「偏差」，意指在看待事情時過於偏向某一方，不夠完整。如果不想偏頗地看待世界，就要懂得效仿科學家的態度。科學家們做研究不是為了證明自己的理論，而是為了打破自己的假說。因為只要是人，就不可能在觀察時絲毫不帶偏見。

—延伸學習—

想擺脫確認偏誤，就要傾聽不同的意見

卡爾·波普爾曾說過：「不願意承認現有假設出現否證的封閉態度，比提出不科學的主張更加危險。」換句話說，積極展開批評與討論的「開放社會」，才是適合生活與居住的社會。

最近某位藝人接受了精子捐贈，自願成為未婚媽媽。對此，大多數人皆給予支持，稱讚她的選擇非常瀟灑。不過，仍有一部分人認為：「孩子沒有爸爸，很難幸福地成長。」其實，並沒有任何統計數據顯示出在單親家庭出生的孩子，生活就一定會過得不快樂。

如同卡爾·波普爾所言，不願承認多樣性，斬釘截鐵地認定某些現象「百分之百是對的」或「百分之百是假的」，就等同於是「阻礙開放社會的敵人」。因此，如果想擺脫「確認偏誤」的傾向，首先就應該從尊重與自己不同的意見開始。

17

急躁的性格會誘發心臟疾患

〈北風與太陽〉的A型行為

某天，北風向太陽挑釁，堅稱自己的力量比太陽更強大。揚言只要自己卯足全力一吹，全世界都會因此瑟瑟發抖。太陽聽了北風的炫耀，只是一言不發地微笑。

於是，性格急躁的北風向太陽提議：「讓我們來打賭，看看誰的力量比較強！」這時，正好有個旅人走在街上，北風提出只要誰能先讓旅人把外套脫下來，誰就算獲勝。太陽答應了北風的提案。

比賽開始了。北風使出渾身解數，拚命向旅人吹氣，瞬間颳起陣陣強風。旅人為了不讓外套被吹走，反倒把衣服裹得更加嚴實。

相反的，太陽用炙熱的陽光照在旅人身上，他立刻解開了因強風而緊扣的衣襟。太陽見狀，便釋放出更強烈的光芒。最後，旅客脫掉穿在身上的外套，而這場打賭，也就由太陽獲得了勝利。

事實上，北風和太陽負責的領域截然不同，但北風還是將太陽視為競爭對手。因此，為了證明自己的力量比太陽強大，他倉促地提出打賭。

如果北風再稍微思考一下，絕對不會用「誰能讓旅人脫掉外套」來決定輸贏，因為這場賭局根本必輸無疑。倘若北風和太陽比的是「誰能讓旅人穿上外套」，結果又會如何呢？或許這則童話的結尾將會因此改寫。

就像這樣，北風對太陽興起了無謂的競爭之心、渴望證明自身能力，且對重要之事急於下決定，從這些角度來看，北風應該屬於「A型行為者」。此處所指的「A型」，和A型血的意思不同。

發現**A型行為**的美國心臟專科醫師邁耶．弗里德曼（Meyer Friedman）及雷．羅森曼（Ray Rosenman），某天偶然察覺心臟科候診室的沙發套，只有前端的邊緣受到磨損。對於許多人容易忽略的這個小細節，兩人在心中產生了疑問。

「其他醫院似乎沒有這種情況……為什麼只有心臟科的候診室沙發，邊緣被磨得破破爛爛呢？」

為了找出問題的答案，研究人員仔細觀察心臟科的候診室。結果發現，前來看診的患者們，大多很難靜靜地坐在沙發上等待，在焦慮不安的情況下，就會用手去摳沙發墊。

研究人員藉此發現，患者的這種性格與冠狀動脈疾病有關。換句話說，不只有吸菸、運動不足、高血壓、高膽固醇等會引發心臟疾患，焦慮、不安等性格也是導致發病的原因。

屬於「A型行為」的人，**經常對生活懷有不滿，在小事上也存有競爭之心，因此很容易感受到壓力**。而變得敏感的自律神經系統，會加快心跳速率和血管收縮，進而引發心臟疾患。

A型行為者通常具有下列特徵：

1 決策過程非常迅速。
2 無法忍受計畫不如預期。
3 對他人抱有過度的競爭意識。
4 遊戲時覺得自己一定要贏。

5 所有事情都要由我控制才能安心。
6 覺得一刻也不能浪費。
7 總是感到焦躁不安，一刻也靜不下來。
8 容易對瑣碎的事情發火並懷恨在心。
9 習慣同時處理兩、三件事。
10 認為比起體諒他人，事情的進行更加重要。

為什麼會出現A型行為呢？主要有兩大原因。首先，是現代社會的氛圍：我們生活在一個唯有快速行動才能成功的社會裡，而且只有取得豐碩的成果，能力才會獲得認可。這樣的社會氛圍，容易誘發A型行為產生。

其次是家庭環境。父母愈是要求子女必須在競爭中獲勝、取得優秀的成績，就愈會增加A型行為的出現。

那麼，該如何減少A型行為呢？方法有兩種。

第一是減少諷刺與挖苦的習慣。某些研究人員指出，在A型行為者的特徵當中，最危險的就在於「敵意」，因為仇恨會使壓力荷爾蒙「皮質醇」過度分泌，對健康造成影響。因此，研究者們為了化解敵意，制定出「在遇到問題時得以減少諷刺習慣」的項目，向受試者進行了八週的訓練。實驗結果發現，參與過訓練的人和沒有參加的人比起來，仇恨指數與平均血壓都低了許多。

第二種方法是努力讓自己擁有「B型行為」。所謂的「B型行為」，指的是與A型相反的行為特徵。**B型行為者看起來總是游刃有餘，做事從容不迫，而且不太容易發脾氣。**

B型行為的具體特徵如下：

1 泰然自若。
2 不追求競爭。
3 說話謹慎。
4 善於傾聽他人的分享。
5 平時態度從容且沒有野心。
6 不會因為時間壓力而處事急躁。

7 更著重於自己是否能獲得滿足。

8 能夠輕鬆地面對工作和享受閒暇。

9 不刻意向他人炫耀自身成就。

B型行為者較為被動，容易適應周圍環境。即使沒能實現目標，他們也會對過程中的每件事抱持肯定的態度，認為「還是有所收穫」。因此，B型行為者比起競爭，更加重視互助合作。

當然，不能只用A型或B型行為來區分所有人，在日常生活裡，我們不會永遠只偏向某一種類型。根據情況不同，我們有時會採取A型行為，有時也可能擁有B型行為的特質。不過，我們必須懂得別像童話裡的北風一樣，在無謂的小事情上表現出競爭意識，因為這些行動都與健康息息相關。

在日常生活裡，

我們不會永遠只偏向某一種類型。

不過，我們必須懂得別在無謂的小事情上表現出競爭意識，

因為這些行動都與健康息息相關。

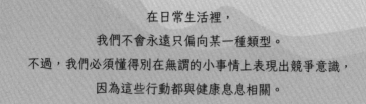

—延伸學習—

調節壓力、緩解焦慮，讓情緒放鬆

A型行為者經常處於緊張狀態，必須藉由某些活動來緩解焦慮。

有三種方法可以達成上述目標。第一種方法，是看著火光或水流發呆，以現今的流行語來說，就是「放空」。點亮能夠營造溫暖氛圍的蠟燭或照明，聽著平靜的音樂，讓自己放空一下吧！望著魚缸裡的小魚們發呆也是很好的方式。

第二種方法是學習瑜伽。瑜伽結合了冥想，是緩解全身緊繃的最佳運動。

第三種方法是花藝。插花可直接觸摸到花材，聞到花的香氣，讓因為緊張而陷入僵直的五感再度復甦。此外，花藝可在短時間內看到成果，足以讓人獲得滿足感。

除了上述的三種活動，揉捏像黏土一樣的紓壓小物、畫畫、釣魚、散步或與寵物相伴等，都是可以釋放壓力的管道。

對他人產生敵意的最大原因，就在於覺得「自己被對方無視」。亦即，當感覺不到他人的尊重、遭到輕視時，就會對對方心生排斥。

假如對方真的看不起我，那我們就必須保護自己的心靈不受到傷害。所謂的「保護自己」，指的不是「向對方發脾氣」，而是要「不被他人左右」。換句話說，必須懂得保護自己，別讓自己的行為受到對方的心情或態度影響。對這一點我們必須有明確的認知，不要像童話中的北風一樣魯莽行事。

擅長交際的人很懂得調節情緒，因為一感到憤怒就隨便向他人發脾氣的話，很有可能會失去珍貴的緣分。因此，平時我們應該透過紓壓活動讓自己的心情放鬆，如此一來，才能與自己珍視之人維持穩定的關係。

18 第三名為什麼比第二名更幸福？

〈雨傘商人與草鞋商人〉的框架效應

從前有位母親養育了兩個兒子，大兒子從事草鞋買賣，小兒子做的則是雨傘生意。可是，母親每天都十分焦慮。每逢雨天，她就開始擔心：「大兒子的草鞋賣不出去怎麼辦？」若是風和日麗，她又想著：「天氣這麼好，小兒子的雨傘大概滯銷了吧？這可怎麼辦才好！」

就這樣，每天憂心忡忡的母親最終病倒了，兩個兒子立刻將她送往醫館。大夫為母親診察了好半天，最後搖搖頭說道：

「這位患者心中的掛念太多，所以才會病倒。如果不能消除心中的憂慮，無論再怎麼針灸或吃藥，病情都不會好轉。」

聽完大夫的話，母親嘆了口氣問道：

「大夫，雨天賣草鞋的大兒子生意不好，晴天賣雨傘的小兒子生意不佳，我怎麼能不擔心呢？」

這時，大夫笑著回答：

「只往壞的地方想，當然會陷入焦慮。來，換個角度思考吧！下雨的話，小兒子的雨傘會大賣；天晴的話，大兒子的草鞋受歡迎。這樣不都是好事嗎？」

聽了大夫的話之後，如今一碰到雨天，母親就會興奮地表示：「雨再下大一點吧！下一場傾盆大雨，讓我們小兒子的雨傘生意變得更好！」反之，如果碰到晴天，母親就會說：「太陽公公啊，再露出更炙熱的光芒吧！希望我們大兒子的草鞋愈賣愈好！」於是，母親的病很快就痊癒了。

事實上，現實狀況一點也沒有改變。母親的大兒子仍然從事草鞋買賣，小兒子做的依然是雨傘生意。因此，無論是晴天或雨天，兩個兒子當中都有一個會大賺，而另一個則面臨滯銷。整起事情唯一改變的，只有母親「看待現實的觀點」。

每個人都有自己看待事情的觀點，在心理學上稱為**「心理框架」**（Frame）。而此處值得留意的是，根據心理框架的不同，心理狀態與意向等也會連帶改變。

母親在看醫生之前明顯非常焦慮，但是聽了醫生的話、改變看待世界的觀點後，她開始感受到幸福。這種現象，心理學用語稱為**「框架效應」**（Framing Effect），亦即**雖然情況一樣，但根據著眼的地方不同，行為與心情也會跟著發生改變。**

諾貝爾經濟學獎得主丹尼爾．康納曼（Daniel Kahneman）和阿摩司．特沃斯基（Amos Tversky），曾經做過一項與此現象相關的知名實驗。想像自己也是受試者的一員，一起來看看實驗內容吧！

你是一個國家的總統，而國內目前正在流行一種罕見的傳染病。如果放任不管，將會有六百位國民失去性命。因此，政府召集了各界專家展開緊急應變會議，對此制定出藥物A與藥物B兩種解決方案。不過，在兩個方案中只能選擇一個，如果是你，會選擇哪一種治療藥呢？以下是兩種藥劑的預期效果：

藥物A：六百人中可以救活兩百人。

藥物B：六百人全部活下來的機率為三分之一，無人生存的機率為三分之二。

或許你也選了藥物A吧？因為藥物A與B不同，能夠確實挽回兩百人的生命。相反的，藥物B因為「機率」這個詞，感覺像在拿他人的生命當賭注。事實上，參與該實驗的人，有百分之七十二都選擇了藥物A。

那麼，現在換成藥物C與藥物D吧。同樣只能二選一，如果是你會怎麼選呢？

藥物C：六百人中有四百人將會死亡。

藥物D：六百人中全部死亡的機率為三分之二，無人死亡的機率為三分之一。

察覺到了嗎？藥物A與C、B與D的內容其實一模一樣。換句話說，無論選擇A或C，六百人當中都只有兩百人可以活下來，剩下的四百人將會死亡。同樣的，不管選B還是D，所有人皆活下來的機率是三分之一，全數死亡的機率為三分之二。因此，如果選了藥物A，接下來也應該選擇內容相同的藥物C；假如選了藥物B，則應該接著選擇藥物D才對。然而，有百分之七十八的實驗參與者，在藥物C與D當中選擇了後者。換句話說，有部分在第一題選了藥物A的受試者，在第二題卻選了D。

在「可以救活」與「將會死亡」這兩個觀點中，根據題目敘述的不同，人們做出的反應也會不一樣。如前文所言，在條件相同的前提下，根據觀點的不同而導致選擇發生改變的現象，就稱為「框架效應」。

有一則幽默的故事，充分地展現出「框架效應」，內容如下：

猶太學生在學校學習《塔木德》時，心中突然產生一個疑問：在學習《塔木德》的過程中，可不可以抽菸呢？於是，學生A就跑去詢問拉比*。

「老師，學習《塔木德》時可以抽菸嗎？」

「不行！」

拉比皺起眉頭，斷然地回答。耳聞這件事的學生B，向A表示：

「你詢問的方式錯了，這次換我去問問看。」

於是，第二個學生就接著跑去找拉比。

＊猶太人中精通塔納赫、塔木德的精神領袖、宗教導師階層。

「老師，抽菸的時候也要讀《塔木德》吧？」

「當然呀！這還用問嗎？」

「學習《塔木德》時抽菸」和「抽菸時讀《塔木德》」，兩者其實是相同的行為，但焦點的差異，很可能讓人和拉比一樣做出不同的判斷。

藉由「框架效應」，我們能獲得什麼樣的啟示呢？那就是「即使情況難以更改，我們也能改變自己看事情的態度」。

就像童話中晴天也擔心、雨天也憂慮的母親一樣，面對日常瑣事，人們難免充滿擔憂。如今，我們知曉了何謂「框架效應」，不如把它套用到生活裡看看，說不定就能過得比以前更加幸福。以下就是實際運用框架效應的例子：

某位清潔工大叔從清晨就開始整理路邊的垃圾，無論對誰而言，收拾散發惡臭的垃圾都不是件容易的事，而且這項工作也不一定能獲得高報酬或社會的尊敬。即便如此，這位大叔的表情依舊十分明朗。有一天，某位好奇的年輕人上前詢問道：

「這項工作明明很累，為什麼您總是能露出幸福的表情呢？」

清潔工大叔笑著回答：

「因為我正在潔淨地球的其中一個角落呀！」

這就是幸福之人擁有的心理框架。

此外，在奧運比賽中也可以發現框架效應：即使銀牌的名次比較前面，獲得銅牌的選手，卻總是比取得銀牌的選手更加幸福。據調查結果顯示，銅牌得主的幸福指數為七點一分（滿分十分），而銀牌得主的幸福指數卻只有四點八分。

其中的原因，就在於大部分的銀牌得主，都把焦點放在「金牌」上，遺憾地表示：「啊，原本可以摘下金牌的」、「差點就能拿到第一名」。相反的，大部分銅牌得主都把重點放在「獎牌」上，滿足地表示：「呼，幸虧能拿下銅牌。」

—延伸學習—

在需要說服某人的情況下，不妨試試框架效應

框架效應也經常被使用在行銷方面，例如廣告時不說「脂肪含量百分之十」，而是以「瘦肉百分之九十」來表現；同樣的，比起「失敗率百分之一」，用「成功率百分之九十九」來取代會更好。

瑞典的一間肥皂公司在宣傳自家的產品時，因為文案中出現「可以像面膜一樣使用的肥皂」，而遭受到嚴苛的批評。大部分人皆認為：「肥皂怎麼可以像面膜一樣使用呢？」於是，肥皂公司撤換宣傳文案，改成「可以像肥皂一樣使用的面膜」，結果商品大獲成功，人們的反應也變成「每天早上都能用面膜洗臉，真方便、真好」。

此外，美國租車市場上一直位居第二的某間企業，像韓國入口網站 Daum 一樣，運用框架效應來宣傳自家的產品。「我們是第二名，能做的只有不斷地努力與精進！」於是，人們開始不覺得這間企業「不如第一名」，而是一間「為了成為第一

名而努力的公司」。後來，該企業大幅成長，甚至對業界第一的公司產生了威脅。

以上兩個案例都顯示，對於同樣的產品，根據企業宣傳的方式不同，人們的反應也會產生變化。

如同前文所述，框架效應會對他人的決策造成極大的影響，假如在日常生活中遇到需要說服某人的情況，不妨試試看框架效應吧！若想一舉成功，就要好好選擇對方較能接受的觀點。

19

與其受到排擠，不如同流合汙

〈國王的新衣〉的從眾效應

從前有個國王非常喜歡打扮，不惜花大錢在治裝方面。有一天，兩個騙子來到了國王居住的宮殿，對所有人宣稱：

「我們是裁縫師，可以織出全世界最漂亮的衣裳。」

「沒錯！我們織的布料不僅顏色和花紋漂亮，而且相當奇特，愚笨或能力不足的人是看不到的。」

國王聽到消息後，馬上支付一筆鉅款，要求他們立刻上工。兩個騙子把織布機設置好，開始著手織布。可是，織布機上什麼也沒有，國王事先交付的昂貴金絲，其實藏在他們的背包裡。兩人坐在空無一物的織布機前，一直假裝織布到深夜。

就這樣過了幾天，眾人開始對兩人議論紛紛。於是，國王決定帶領一群大臣，親自前往縫製衣料的工作間視察。這時，兩個騙子就坐在沒有半條絲線的織布機前，看似努力地織布。

「不覺得這匹布很不錯嗎？」站在國王身邊的老臣率先開口。

「陛下請看，這色澤和花樣多漂亮啊！」大臣指著織布機對國王說道。

他們都相信其他人看得到那匹布料。國王因為什麼都沒看見，頓時覺得一片茫然。可是，他卻大聲地讚賞：

「嗯，真好看，一定很合我的心意！」

國王滿意地點了點頭，繼續望著空蕩蕩的織布機。跟隨國王來的大臣們也看了又看，但是和國王一樣什麼都看不見。即便如此，大臣們仍然仿效國王，假裝能看得到布料。

「好美啊！」

「太優秀了！真漂亮！美得讓人窒息！」

大臣們雖然什麼都沒看到，卻異口同聲地跟著附和，還勸國王下次出巡時，一定要穿上用那匹布縫製的新衣。

幾天後，國王開始到各地巡視，人們擠滿大街小巷，而且在看到國王的「衣服」

後全都讚不絕口。

「天啊，看看那件衣服，真華麗！你再看看那衣襟，真的和國王很搭呀！」

沒有人願意承認自己什麼也沒看見，因為一旦說出來，肯定會被取笑是傻瓜或能力不足。至今為止，國王從來沒有一件衣服受到如此廣大的稱讚。

直到有個孩子突然大喊：

「可是國王什麼也沒穿啊！」

這時，人們才開始複誦孩子的話，彼此交頭接耳。

「那個孩子說國王什麼都沒穿耶！」

「國王光著身體！」

終於，人們合起來對國王指指點點，而聽到這些聲音的國王渾身顫抖，因為他們的話似乎沒有錯。

「可是，也不能突然中斷巡視。」

一想到這裡，國王只好說服自己走得更加自信。而位於身後的兩名隨從，則是高高地拎起那根本不存在的衣襬，抬頭挺胸跟著國王繼續往前走。

在〈國王的新衣〉裡，大家都看到了國王赤裸裸的模樣，卻稱讚他穿的衣服非常帥氣。雖然每個人的心裡都想著「不對呀」，但最後還是跟著附和「國王的新衣很好看」。這種人云亦云、仿效他人行為的現象，在心理學上稱為**「從眾效應」**（Bandwagon Effect）。

所謂的「從眾效應」，指的是**當我認為某項議題不正確，但他人卻異口同聲表示「沒問題」時，我也會跟著附和表達贊成**。普林斯頓大學的社會心理學家所羅門．艾許（Solomon Asch），便透過實驗證明了上述的現象。

首先，艾許讓七名受試者並排坐在長桌前，然後將下頁的兩張圖展示給他們看。

接著，研究人員詢問受試者：「左邊的那條直線，和右邊A、B、C三條線中哪一條相同？」很明確地，答案就是C。正在讀這篇文章的你們，肯定也認為答案是C。因此，如果各位參與了這場實驗，應該也能自信地回答出來吧？

受試者坐在椅子上依序講出答案，想像一下你剛好排在最後一個。然而，最先回答的人，卻理直氣壯地說：「和A一樣！」這時，你可能認為「他大概視力不好」，或者感嘆「這麼簡單的問題居然答錯，之後該有多尷尬呀」。

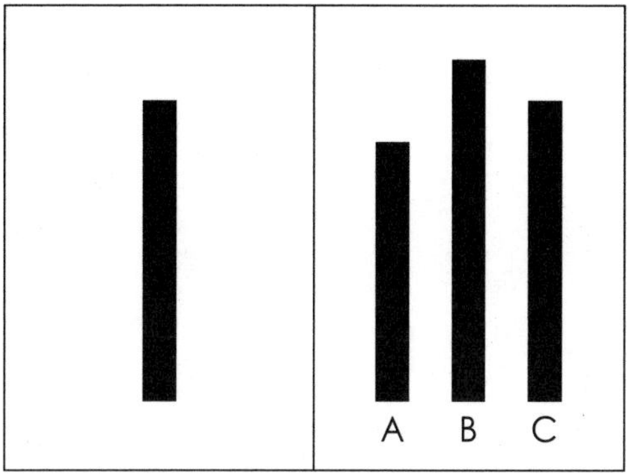

接下來，輪到第二個人回答了。「我的答案是A。」瞬間，你會懷疑自己是不是聽錯了。但是第三個人也說是A，接著第四位、第五位，甚至連排在你前面的第六個人都回答A。下一個就輪到你了，你真的能夠說出「答案不是A，而是C」嗎？

其實，這個實驗是事先設計好的，在七名參與實驗的人當中，只有一名是真正的受試者，剩下的六名都是研究人員請來的助理。實驗開始之前，研究人員已經先要求他們講出錯誤的答案，並且把真正的受試者安排在最後一個回答。

實驗設定的題目過於簡單，答案也非常明顯，研究小組原本對實驗結果沒有太大的期望。然而，結果卻令人相當驚訝——在實驗參與者中，有多達百分之三十七的人附和錯誤的答案。且多次進行該實驗後，甚至發現有「百分之七十五至八十的人，至少附和過一次錯誤的答案」。

亦即，受試者明明知道答案是錯的，卻還是選擇加以附和。究竟為什麼會發生這種「從眾效應」呢？

大致可歸納出兩種理由：首先，**人類不希望自己犯錯**。也就是說，當遇到自己不懂的事情時，人們會覺得跟著別人的腳步走，至少不會受到損害。例如第一次搭地鐵的人，不知道交通卡的磁條應該朝上或朝下時，大部分都會看一下旁邊的人怎麼刷，再依樣畫葫蘆。因為他們覺得唯有這樣，閘門的警告音才不會響。其實，磁條朝上或朝下都可以刷得過。在自己掌握的資訊不足，難以做出正確判斷時，就愈會出現這種「從眾效應」。

其次，**多數意見會成為一種壓力，起到「集體規範」的作用**。假如某個人**未遵守規範，在團體中就會被邊緣化**。美國哥倫比亞大學心理學家史丹利·斯坎特（Stanley Schachter）曾做過一項實驗，充分展現出人類的這種傾向。

在斯坎特的實驗中，研究人員讓受試者看了某位問題少年的行為紀錄，請他們討論應該對這名少年施以何種懲罰，然後將自己的意見寫在問卷上。研究小組提供的問卷，包含了從輕到重等各種處罰強度。

參與實驗的一共有九人，不過這也是事先設計好的，當中只有六名是真正的受試者，剩下三名則是與研究小組串通好的助理。

三名助理分別扮演了不同的角色：第一位負責的是「附和多數意見」，也就是贊同六名受試者的想法；第二位負責的是「反對」，堅守和受試者不同的立場；第三位負責的是「改變」，亦即剛開始和反對者一樣，站在和受試者相反的立場，但是在討論的過程中逐漸趨於贊同。

受試者在被分配好角色的情況下展開討論，接著，研究人員再對真正的受試者提出問卷調查：請他們評價對三名助理的印象。實驗結果發現，負責附和多數意見的助理，被認為最能與他人和諧共處，而負責提出反對意見的助理，則最不受到眾人歡迎。透過這項實驗可以得知，「假如不同意多數意見，就有可能會被討厭」。

在童話裡，稱讚國王的新衣非常華麗的百姓們，一定也是因為不想被自己的所屬集團排斥。因此，沒有人能勇敢地揭露國王其實光溜溜的。

「從眾效應」在團體人數多、彼此間凝聚力強，以及提供特定資訊的人擁有高權威感或信任度時，就會益發明顯。在童話中，國王誤認為兩位騙子是能編織出世界頂級服飾的專業裁縫，因此，當他穿上根本看不見的衣服時，還表現得煞有其事。

團體內的成員是否一致同意某項議題，也會對從眾效應產生極大的影響。假如出現一名反對全體意見的人，從眾效應就會急遽地減弱。在童話〈國王的新衣〉裡，一位孩子表現出和大人們不同的反應，於是百姓就開始竊竊私語：「國王光溜溜的！」隨著意見出現分歧，從眾效應的強度也變得愈來愈弱。那麼，為什麼百姓們不會排斥無視團體壓力、做出不同反應的孩子呢？或許是因為大家都信任孩子的單純與天真。

—延伸學習—

有勇氣的人，將能改變局勢

有一部電影生動地描繪出從眾效應，那就是一九五七年上映的經典《十二怒漢》（*12 Angry Men*）。這部片在美國電影研究所發表的「歷代十大最佳法庭片」中，獲選為第二名。

電影敘述了某個炎熱的夏天，在狹小的陪審團室裡發生的故事。片中共有十二名陪審員參與判決，案件是一名住在貧民區的十八歲少年，疑似用刀殺害了自己的父親。所有的現場證據、犯罪工具和目擊者的陳述，都將嫌疑指向該少年。意見需要達成一致的陪審員，大部分想趕快定下少年的罪，然後解散去辦個人的私事。因此，雖然有幾位陪審員不確定少年到底是不是犯人，卻還是默默地舉手贊成。最終在十二人當中，除了八號陪審員之外，其他十一人皆認定少年「有罪」。

八號陪審員主張少年有無罪的可能性，讓事情展開了新的局面。他舉出幾種情況輔助說明，表示「不能確定少年是否真的有殺人」，因此與其他陪審員們陷入唇槍舌戰，在陪審團室裡大聲爭執。

八號陪審員主張少年無罪的理由如下：第一，做為犯罪工具的刀任誰都可以輕易取得，難以認定是少年所有。第二，少年的個子較小，與屍體上的傷口位置不符。綜觀之下，八號陪審員認為少年是無罪的。在討論的過程裡，其他陪審員逐漸被他說服，最終達成了「少年無罪」的共識，與一開始的決議完全不同。

這部電影細緻地展現出「因反對多數意見倍受指責」到「少數意見也可能變成多數意見」的過程，假如想進一步了解從眾效應，推薦觀看《十二怒漢》這部電影。

從眾效應是一把雙面刃，有時也會發生在負面的情境裡，例如在等紅綠燈時，假如看到旁邊的人擅自穿越馬路，就會想也不想地跟著走。相反的，在車站裡如果有兩、三個人開始排隊，那麼後面來的人也會依序排隊等待公車，此時便發揮了正向的作用。

另外，在資訊掌握不足的情況下，從眾效應也有助於做出更佳的判斷，亦是維護社會秩序的原動力。

然而，從眾效應的問題，就在於有些狀況明明不合理，但人們卻會盲目或惡意地跟風。例如集體霸凌的情況，某些加害者會解釋：「我別無選擇，不然也會被排擠。」但其實這只是缺乏勇氣的表現。當大家都贊成時，只有我站出來反對，無可否認是相當困難的一件事。可是，若有人鼓起勇氣表示：「我不那麼認為！」其他人也會產生說「不」的勇氣。因此，在所有人都肯定時，有某個人願意站出來否決，著實是非常了不起的行為。

20

我的選擇「必須都是對的」

〈狐狸與葡萄〉的認知失調

從前有隻飢腸轆轆的狐狸，因為長時間沒有進食，早已累得筋疲力盡。狐狸在樹林裡轉來轉去尋找食物，突然，牠聞到一股香味，急忙往飄出香味的地方奔了過去。

原來是一串串美味的葡萄掛在藤蔓上，狐狸終於找到了食物。看到像寶石一樣閃閃發光的葡萄果實，又有誰能若無其事地走過呢？狐狸一看到葡萄，就不由自主地流口水。

「葡萄看起來真好吃！」

狐狸吞了吞口水，眼睛一直盯著藤蔓上的葡萄。果實看起來好甜美，卻掛在比狐狸高很多的地方。

狐狸伸手去摘葡萄，但怎麼也搆不著。於是，狐狸後退了幾步，接著奮力一跳，沒想到還是搆不到藤蔓。為了摘下甜美的果實，狐狸來來回回嘗試好幾次，可是每次都失敗。

努力了一段時間，仍然摘不到藤蔓上的葡萄，最後狐狸只好放棄。在離開之前，牠喃喃自語道：

「哼，一看就知道那葡萄很酸。」

在《伊索寓言》裡，狐狸對於自己得不到的事物，會表示「那東西其實也沒那麼好」，藉此達成自我安慰。在日常生活中，我們其實也經常做出類似的行為。像是在公司未能順利升遷時，就會說：「把自己搞得太忙，和家人相處的時間就變少了，還不如在資格評鑑中落選。」此外，經濟拮据的人在看到有錢人時，就會強調：「金錢不是人生的全部，錢多不一定過得幸福。」這種試圖合理化的行為，在心理學上稱為**「酸葡萄心理」**。

所謂的「酸葡萄心理」，指的是**如果得不到想要的結果，就會辯解「其實是自己不想要」**，就像故事中狐狸覺得「一看就知道那葡萄很酸」一樣。而**「甜檸檬心理」**，則是與酸葡萄心理相反的概念，意指如果獲得自己不想要的結果，就會強調「那其實是自己心中所願」。

如果說「酸葡萄心理」是刻意降低自己未得事物的價值，那麼所謂的「甜檸檬心理」，就是**在已有的事物當中尋找滿意的部分**。

甜檸檬的具體事例如下：假如我們花不少錢買下某件衣服，但後來又看到比那件衣服更便宜且不錯的款式，內心就會這麼想：「我買的衣服很貴，一定可以穿比較久，而且不會退流行。」另外，像是被調到偏僻的地區擔任教職時，就會想著「可以親近大自然，過上閒適的生活」。

為什麼會產生這樣的心理呢？原因就在於**「認知失調」——當自身行為與想法不一致時，就會感受到壓力，而為了消除這股壓力，我們就會將自己的行為合理化。**

認知失調理論，是由美國明尼蘇達大學的社會心理學家利昂・費斯廷格（Leon Festinger）所發現。

當時，他正在觀察某個等待地球滅亡的邪教團體，該組織的教主聲稱自己獲得克拉里昂行星守護神的神諭，預言在十二月二十一日地球將發生洪水災害而滅亡。身處亂世當中，只有真正的信徒才能搭上飛碟逃離升天。

終於，時間到了教主預言的十二月二十一日，該宗教的信徒們蜂擁而至，等待即將進行的人類審判。然而，最後什麼事都沒發生，別說飛碟了，連一隻蒼蠅也沒有看到。

於是，信徒們開始吵吵嚷嚷，爭相詢問究竟怎麼回事。而教主立刻表示自己從守護神那裡收到新的神諭，並公布其內容：基於大家長期以來的虔誠，所以全世界都獲得了救贖。

一般遇到這種情況，大部分人都會嘲諷教主，指責他是騙子。但令人驚訝的是，信徒們在教主發表神諭時，不僅真心感到高興，甚至歡呼了起來。

利昂．費斯廷格對信徒們的反應十分好奇，最終提出了「認知失調」理論。亦即，在自身的行為與認知要素（想法）不一致時，人們就會根據行為來改變認知要素（想法）。

假如信徒們反駁「根本沒有什麼克拉里昂行星的守護神」，承認「教主是騙子」這項事實的話，與一直以來所做的行為之間就會出現認知失調。此外，再加上想起先前獻給教主的財物，拋棄的家人、職場和朋友等，認知失調將益發嚴重。因此，當預言沒有實現時，信徒們反而更加鞏固自身的信仰，藉此消除認知失調所帶來的壓力。

認知失調在我們的日常生活中也隨處可見，例如「吸菸會致癌」這個常識大家都懂，不抽菸的人幾乎不太會去否定這項事實。然而，癮君子們的反應則大不相同：「不抽菸的話壓力很大，反而對健康更不好」、「吸菸不一定會誘發癌症」等，試圖將自己抽菸的行為合理化。這些舉動，都可以看作是來自於認知失調。

此外，人們在二選一的情況下做出抉擇後，會認為自己選擇的事物價值較高，而沒有被選到的那一方則價值較低。

例如某位學生在挑選大學科系時，打算從國文系與心理系之間擇一，最後選擇了後者。這時，他可能會刻意誇大心理系的優點，強調：「心理學是利用科學來研究人類的學問，不覺得讀心理系很酷嗎？」反之，對於自己放棄的國文系，他可能會表示：「國語很難而且不有趣，尤其是文法！」將該科系的缺點放大到極致。唯有如此，才能合理地認定自己的選擇是正確的。

讓我們再回到童話上吧。狐狸未能成功摘到美味的葡萄，馬上就改變了當初的想法，覺得「葡萄一定很酸」。

就像這樣，人們之所以產生認知失調，是為了更輕鬆地接受難以置信的現實。而自我合理化的行為，可以讓心情變得較為平靜。

—延伸學習—

行為的改變，將導致思想發生變化

利昂．費斯廷格的「認知失調論」發表後，在心理學界引起很大的轟動，因為當時學界的主流是「行為主義」理論——簡單來說就是「行為的強化或減弱，皆來自於報酬或處罰」。不過，費斯廷格指出：「人類的行為不能單靠報酬或處罰來解釋，為了將自身行為合理化，人類會展開非常積極的精神活動。」

費斯廷格和同事梅里爾．卡爾史密斯（Merrill Carlsmith），曾透過一項實驗呈現出認知失調的現象。首先，他們將受試者分成兩組，然後要求他們做一些無趣的動作，例如「把線捲軸放進箱子裡，持續三十分鐘」等。接著，研究人員向所有參加者提出請求：「請告訴即將參加實驗的人，今天的內容非常有趣。」並提供第一組一美元、第二組二十美元做為報酬。究竟這兩組受試者，會不會接受研究人員的請託呢？

結果，兩組受試者都對其他人表示「今天的內容很有趣」。後來，研究人員再次找來受試者，詢問他們「實驗內容是否真的有趣」。拿到二十美元的那組，誠實地回答「很無聊」；而拿到一美元的那組，卻直說「非常有趣」，甚至連研究者都承認「實驗內容的確很枯燥」，他們也不曾改變或動搖。

為什麼呢？所有受試者都被請求表示「內容很有趣」，但明明「實際上很無聊」，他們表現出的行為與內心的想法不一致。換句話說，兩組受試者都經歷了認知失調。

然而，拿到二十美元的那一組，因為取得很高的報酬，所以能將自己的行為合理化。當研究人員要求他們說實話時，受試者坦率地表示：「雖然內容很無聊，但因為收到很多錢，所以只好對其他人說謊。」

相反的，另一組拿到的報酬遠低於二十美元，很難將自己的行為合理化。受試者們會想：「我才拿到一美元而已，就要把無聊的內容說成有趣嗎？」因此，他們會將「內容很無聊」的想法，改成「真心覺得有趣」，藉此來消除認知失調。於是，就算最後研究人員承認「內容真的很無趣」，他們也會反駁「不會啊，真的很好玩」。

就像這樣，人類在合理化自身行為的過程，會傾向根據行為來改變想法。而我們需要注意的，就是切勿順著錯誤的行為，進而改變自己的思考模式。

21

長得漂亮是運氣，活得漂亮是本事？

〈灰姑娘〉的月暈效應

灰姑娘在仙女婆婆的幫助下華麗變身，現在只要及時趕到舉行舞會的城堡即可。這時，仙女婆婆抓住灰姑娘，再三叮囑：

「仙杜瑞拉，當午夜十二點的鐘聲一響，魔法就會失效，所以你一定要那之前回來，知道了嗎？」

「我知道了，婆婆。真的非常謝謝您！」

載著灰姑娘的金色馬車一路奔馳，在前往城堡的路上，灰姑娘的心悸動不已。

當她抵達城堡、踏進大廳的那一刻，引起了所有人的注目與讚嘆。

「真漂亮！是哪一國的公主呢？」

這時，王子來到灰姑娘的面前，開口邀請道：

「美麗的公主，你願意和我一起跳支舞嗎？」

「好的。」

灰姑娘害羞地微微一笑，向王子伸出手。兩人一起跳舞的模樣，讓在場的人看得如癡如醉。後母和姐姐們也在一旁看著，但她們做夢都沒想到那美麗的公主就是仙杜瑞拉。

王子牽著灰姑娘的手一邊跳舞，一邊對她說道：

「我一直在找像你一樣美麗的女孩。」

灰姑娘彷彿身處夢境，一切都美好到不可思議，讓人忘了時間的流逝。

突然，午夜十二點的鐘聲響起。灰姑娘嚇了一跳，急忙甩開王子的手，慌慌張張地離開城堡。

王子急忙追了出去，但灰姑娘已經跑下階梯。心急如焚的她完全沒發現自己的玻璃鞋掉了，頭也不回地直往前奔。

結果，王子沒能攔住灰姑娘，只發現她掉在階梯上的一隻玻璃鞋。

「我一定會找到你，然後向你求婚！」

王子撿起灰姑娘的玻璃鞋，在心裡暗自下了決定。

從某種角度來看，〈灰姑娘〉裡描述的舞會可以說相當反常。當時歐洲社會的身分階級制度嚴明，但童話中的舞會，卻是任何人都可以參加。當然，如果想進入城堡，仍須具備符合宴會水準的梳化、禮服、飾品等財力。因此，在閱讀這篇故事時，令人不禁開始懷疑：「王子是不是極度的外貌至上者呢？」童話中的舞會，就是他為了打破身分階級、尋找美麗女子的場合。

就王子的社會地位而言，要找到和灰姑娘一樣漂亮，身分地位與自己相當的公主，肯定不是件難事。然而，王子為了找到身為平民的灰姑娘，不惜在大街小巷裡奔波，甚至讓全國年輕女性都試穿看看灰姑娘掉落的那隻玻璃鞋。

究竟是什麼力量，讓王子對灰姑娘如此著迷呢？原因就在於最能強烈刺激人類好感的「身體魅力」。也就是說，灰姑娘非常漂亮，美到無法用言語來形容。

美國心理學家伊萊恩・哈特菲爾德（Elaine Hatfield）和同事們做的實驗，即充分展現出王子為了尋找灰姑娘而四處奔走的心理狀態。

首先，研究小組以明尼蘇達大學的學生為對象，請他們回答：「我的個性如何？」

想和什麼樣個性的人交往？」接著，不管受試者做出什麼樣的回覆，研究小組皆透過電腦程式隨機為他們安排一起參與派對的舞伴。舞會結束後，研究人員讓受試者們評價舞伴的外貌，並詢問他們是否有意願和對方交往。

究竟結果會如何呢？表示「想再次見到對方並交往」的學生們，大部分都是對舞伴的外貌感到滿意。換句話說，受試者們想交往的異性標準，並不是事前調查的個性，而是外在魅力。從這項實驗來看，人們在挑選約會對象時，會優先考慮對方外貌的現象，不僅僅出現在童話中的王子身上。

那麼，這種現象是不是只適用於一次性見面的約會呢？事實並非如此。根據心理學家格雷戈里．懷特（Gregory L. White）的研究顯示，若受到彼此的外貌吸引，就會更偏好於長期交往。此外，在另一份心理學研究中也指出，夫妻認為彼此的外貌具有魅力時，對婚姻關係的滿意度較高。

然而，人們不願承認自己重視外貌的這項事實。若被問到挑選交往對象時看重哪些方面，多數人都會回答性格、態度或價值觀等等。類似的答案，很有可能是認為「這麼做才是正確的」，因為以外貌來評判一個人非常不公平。但是，身體魅力所帶來的影響，遠比我們想像中巨大。

試想一下，我們因為了解灰姑娘的身世背景，所以知道她是個善良的女孩。但從王子的立場來看，他與灰姑娘接觸的時間，就只有共舞的時候而已。即便如此，他仍舊下定決心要向這名陌生的女孩求婚，理由只是因為對方很漂亮。

或許，王子是認為「這麼美麗的女孩，肯定也很聰明、善良」——心理學將此現象稱為**「月暈效應」**（Halo Effect，亦稱**「光暈效應」**），意指**當某一條件非常優秀時，就會讓人覺得該對象的其他條件也相當不錯。**

第一個研究月暈效應的學者，是美國的心理學家愛德華·桑代克（Edward Thorndike），為了驗證自己的假說，他請軍隊裡的軍官對士兵們進行評價。實驗結果發現，對於相貌出眾、體格壯碩的士兵，軍官們給出了特別高的分數。他們認為，這些獲得高分的士兵與一般的士兵比起來，不僅射擊能力佳、軍靴擦得乾淨，甚至連口琴也吹得比較好。

明尼蘇達大學的心理學教授卡倫·狄翁（Karen Dion）等人的研究亦顯示，人們通常認為「外貌具有魅力的人個性也不錯」，且「外貌出眾者，未來的日子也相對幸福」。這樣的結果不僅出現在評價異性方面，在同性之間互相評價時亦然。很遺憾地，「外貌至上主義」這句話，其實並非毫無根據。

那麼，迷人的外貌和優良的品性，實際上真的有關聯嗎？

對此，明尼蘇達大學的心理學教授馬克・斯奈德（Mark Snyder）做了一項實驗，他讓男學生們和女學生們透過電話聊天，而在通話之前，男學生們已經先看過對方的照片。照片中的女性有可能容貌姣好，也可能長相平凡。實驗結果發現，如果照片中的女生長得很漂亮，男學生在通話的過程裡，就會持續表現出親切、溫暖的態度。也就是說，在與外貌出眾的女學生通話時，男學生相對願意傾聽對方說話，而且會極盡所能地附和對方。

透過這項實驗可以發現，外貌出眾者是不是真的擁有優秀的品德與能力根本不重要，只是周圍的人把身體魅力和品格端正連結在一起，以致於覺得對方看起來像是個好人。

以此為基礎推想的話，灰姑娘那令人著迷的魅力，或許正來自於周圍人的貢獻。仙女婆婆可能也知曉外貌的重要性，所以把灰姑娘打扮得非常華麗；而灰姑娘本身亦了解心理學上的「月暈效應」，是個懂得巧妙利用自身優勢的聰明女性。

我們是不是也應該擁有相同的智慧，在展現自我時適當地活用月暈效應，並且在評價他人時不被月暈效應影響呢？假如灰姑娘的姐姐長得比她更加美麗動人，說不定王子也不管她們是不是滿腹壞水，就忙著在大街小巷裡尋人呢！因此，為了避免和王子陷入一樣的情境，我們應該確實地理解月暈效應，並隨時保持警惕。

—延伸學習—

無論面對什麼事，都不該只以單一面向做決定

「月暈效應」之所以可怕，就在於這種心理作用不僅侷限於外貌，在學歷或社會地位等各種領域也大多適用。就以學歷來思考看看吧！其實，不是只要擁有高學歷，日後就必然暢行無阻。從首爾大學畢業，不代表一輩子幸福；就讀知名度不高的學校，也不等於一生都會過得不幸。但是，頂著名校光環的人，通常都能因大眾的偏見和月暈效應而獲利。因為多數人光是聽到出身名校，就會覺得「這個人應該聰明又踏實」。

例如在甄選補習班講師時，有兩位沒有授課經驗的人前來投履歷，於是院長讓他們分別進行一次教學演示，但兩人的表現都不甚理想。這時，如果其中一人是畢業於首爾大學，另一人則是畢業於沒有名氣的地區大學，情況會如何呢？院長很可能覺得畢業於首爾大學的應徵者「只是沒有經驗，假如給他機會的話，應該會做得很好」。

若還是不懂何謂月暈效應，不妨直接去台灣大學的校園走一圈吧。即使打從心底認為：「台灣大學的學生品性並未特別突出，大家都是一樣的。」但在踏進校園的那一刻起，不曉得為什麼就是會覺得台灣大學的學生與眾不同。

與月暈效應相反的概念為**「尖角效應」**（Horn Effect，又稱**惡魔效應**），意指**當某個人外貌醜陋時，其他方面也會連帶受到負面評價。**在前述美國心理學家桑代克進行的實驗中，軍官亦傾向對其貌不揚的士兵們做出「失誤頻繁、能力很差」之類的評判。

尖角效應和月暈效應一樣，都不只侷限在外貌上，亦適用於各個層面。曾經有一位在補習班工作的職員，對著送貨的司機表示：「假如你學生時期認真念書的話，現在還需要來做宅配的工作嗎？」因此在社會上掀起了軒然大波。這名職員之所以出現上述的行為，就是因為受到尖角效應的影響，以自己看到的缺點去評價他人的全貌。

假如過度執著於個人偏見，就很有可能會發生類似的情事。因此，若想看清某人的真實面貌，務必了解尖角效應和月暈效應帶來的影響，時時刻刻自我提醒。

22 完整之愛的不可或缺三要素

〈陷入愛河的獅子〉的愛情三角理論

在某個平靜的小村莊裡，一位農夫和女兒住在一起，彼此相依為命。某天下午，父女倆正在田裡努力耕作。

「孩子啊，休息一下再繼續吧！」農夫用溫柔的眼神對女兒說。

「我沒事，爸爸你才應該回家休息一下。」女孩一邊擦著額頭上的汗，一邊回答道。她長得非常漂亮，心地更是善良無比。

這時，一隻獅子悄悄地靠近，打算吃掉農夫和他的女兒。可是，當他看到女孩美麗的容貌時，隨即對她一見鍾情。放棄捕食的獅子回到家後，一刻也忘不了女孩，於是他決定前去尋找農夫。

「我深愛著您的女兒，能否把她許配給我呢？」

農夫大吃一驚，因為這種事根本沒道理。但是，他擔心自己如果貿然反對，獅子被激怒後不曉得會做出什麼事情來。因此，農夫緩緩地說道：

「獅子大人，您親自來求娶老朽的女兒，真的是榮幸之至。」

聽到這句話後，獅子高興得跳起來。

「可是……」

「可是什麼？」

「我的女兒一定會害怕獅子大人您鋒利的爪子和牙齒，若去除了這些，我就同意這樁婚事。」

「只要能娶到您的女兒，沒有什麼是我做不到的！」

獅子太喜歡農夫的女兒了，所以他寧願把自己的指甲和牙齒全都拔光。雖然痛得直發抖，但他還是勉強忍了下來。看見獅子以憔悴的模樣再度出現，這下子農夫不再害怕，大聲地斥責道：

「你這隻愚蠢的獅子！沒有了利爪和牙齒，我難道還會怕你嗎？」

接著，農夫便拿出事先藏好的木棍，將獅子趕回了樹林裡。

〈陷入愛河的獅子〉以醜化獅子的天真而著稱，我們在讀完這則童話後，學到了「過度執著，將導致判斷錯誤」、「不合理的貪欲，會讓自己得不償失」等教訓。然而，我們不妨仔細想想，獅子篤定地告訴農夫：「我喜歡這個女孩！」甚至為愛拋棄了所有。看到這樣的獅子，我們真的能說他傻嗎？為了和女孩在一起，獅子忍痛拔光自己的牙齒和指甲，從其他角度來看，或許可以說他是個非常帥氣的男子漢。因為在一般情況下，這些行為是很難做到的。

無論面對多麼親密的關係，一般人都不會為了改變自己而竭盡全力，而是傾向毫不掩飾地展露出自己原有的模樣。不過，童話中的獅子卻不同，他的行為讓人想起某部電影裡的台詞：「因為你，讓我想成為更帥氣的人！」獅子為了獲得女孩的芳心，不惜放棄對自己來說最重要的東西，這一切的動力來源究竟是什麼呢？答案是「愛情」。

一直以來，許多學者都致力於歸納愛情的類型，其中最有名的，就是美國塔夫茨大學心理系教授羅伯特・史坦伯格（Robert Sternberg）的**「愛情三角理論」**。**史坦伯格認為，愛情是由「親密」**（Intimacy）**、「激情」**（Passion）**與「承諾」**

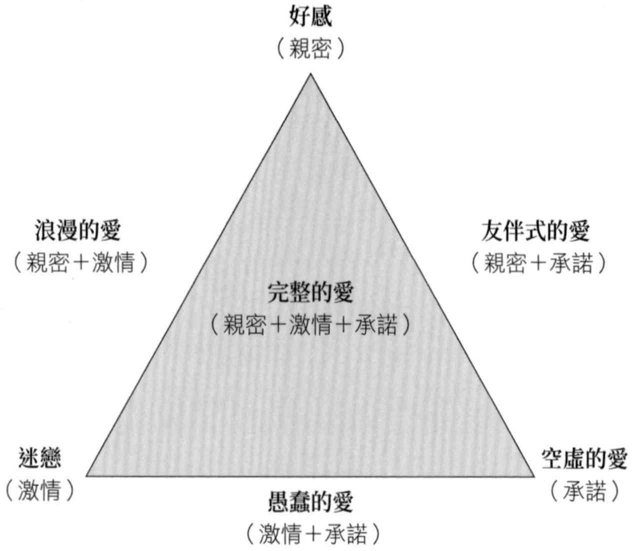
好感
（親密）
浪漫的愛
（親密＋激情）
友伴式的愛
（親密＋承諾）
完整的愛
（親密＋激情＋承諾）
迷戀
（激情）
空虛的愛
（承諾）
愚蠢的愛
（激情＋承諾）

（Commitment）三要素所組成。

「親密」指的是感受到對方的溫暖與信任；「激情」則是指看到對方就會心跳加速，同時認知到心中想和對方在一起的情感，就像某首歌的歌詞裡提到的：「無法忍受一分一秒的分離，想見卻不能見時，就像火山爆發般地失去理智」。最後，「承諾」代表的是無論遇到什麼樣的逆境和苦難，都願意與對方共同度過的責任感。

史坦伯格運用這三大要素，將愛情的類型歸納成八種。

1 只有親密感的情況：好感或友情

意指從好友身上感受到親密且溫暖的情感。

2 只有激情的情況：迷戀

類似「一見鍾情」。然而，這種情感很可能會成為對方的負擔，因為比起愛情，欲望的成分更加濃烈。

3 只有承諾的情況：空虛的愛

感受不到彼此的情感投入或身體魅力，與對方的相處只是基於責任感。

4 結合激情與親密感的情況：浪漫的愛

愛得如烈火般熾熱，偶爾也會像朋友一樣感受到情緒上的安定，但這樣的關係通常無法走得長久。這份愛有可能是從激情中產生親密感，相反的，也有可能是在某個瞬間從親密感中感受到激情。

5 結合激情與承諾的情況：愚蠢的愛

這是電影中經常出現的愛情類型——初次見面即墜入愛河，交往幾天後馬上決定結婚。從擁有承諾的角度來看，這樣的愛情雖與迷戀有所區別，但承諾並非立基於穩定的親密感，而是建立在變化無常的激情之上，因此很有可能淪為愚蠢的愛。

6 結合親密感與承諾的情況：友伴式的愛

雖然對彼此的激情冷卻了，但見面時卻可以像朋友一樣自在，並且為對方盡心盡力。因此，比起結合激情與親密感的浪漫式愛情，這樣的愛更能維持得長久。一般人在感情降溫後，都會認為「愛情冷卻」，然後走向分手一途。但是，這種類型與其說是「不愛」，不如說是轉向友伴式的相處。

7 結合三種要素的情況：完整的愛

這類型的愛不僅很難實現，在維繫方面更是難上加難，或許只有在求婚與應允的那一瞬間才會迸現。

8 三種要素皆缺乏的情況：不屬於愛情

親密感、激情和承諾三者都缺的話，就不能視為愛情。

那麼，獅子的愛屬於哪種類型呢？從「對她一見鍾情」、「一刻也忘不了女孩」等描述中，可以看出獅子的模樣確實充滿激情。此外，獅子想和女孩結婚這一點，也證明了他的愛情裡具有承諾。綜合以上兩點，可以推論出獅子的愛是結合激情與承諾的「愚蠢之愛」，且單從他為了與少女在一起，甘願拔光自己最重要的牙齒與指甲，就得以窺見一二。如此熱切的愛戀，已到達能夠獻出自身性命的程度，讓人無法做出合理的決策。因此，他沒有意識到拔掉牙齒和指甲後，自己將失去力量，還可能會被農夫用棍子趕走。

假如少女對獅子的熱情與承諾感到欽佩，並接受他的愛，兩人真的會幸福嗎？（請先暫時忽略動物與人類的差別）

在童話中，獅子擁有強大的力量，形象粗暴且隨心所欲；反之，農夫的女兒有著善良柔弱、細心體貼的形象。我們經常會認為這種性格完全相反的人意外地合適，不是有句話說「和自己相反的人在一起，生活才能過得順遂」嗎？心理學將此稱為**「互補原理」**（Complementary Principle）。

所謂的「互補原理」，指的是**對能夠彌補自身不足之處的人產生好感**，但是，學術界也有不少研究結果指出，「互補原理」很可能是不正確的概念。

例如哈佛大學的心理學家希爾（Charles T Hill）為了證明互補原理，對戀愛中的情侶進行了數年的觀察。研究結果發現，彼此差異性大的情侶，分手機率比差異性小的情侶更高。此外，史丹佛大學的心理學教授劉易斯·特曼（Lewis Terman）的研究亦指出，夫妻在性格、態度、價值觀等方面相似度愈高，對婚姻的滿意度就愈高。**彼此相似的人相處起來更融洽**，這種概念即稱為**「相似法則」**（Principle of Similarity）。

當然，我們一開始可能會覺得與自己擁有不同特質的人魅力十足，能夠與對方變得親近。例如內向者常羨慕容易和他人打成一片的外向者，外向者則覺得個性沉穩的內向者很有神祕感。但遺憾的是，這種魅力將隨著時間流逝而消散，如同「相似法則」所言，最後相處起來更和諧的，仍是與自己性格類似的人。尤其針對自己看重的部分，「相似法則」的作用也愈加明顯。

試想一下，一個極度重視整潔的人，覺得任何地方都不能有灰塵，鞋子也要排放得整整齊齊，唯有如此才能過得舒心。這樣的人，肯定很難和一位隨興又邋遢的人結婚。

同樣的，一個享受獨處的內向者，很可能難以忍受和外向者一起生活。說不定外向者總是對內向者心懷疑問：

「只待在家不是很無聊嗎？在家裡到底要做什麼？」

而內向者可能也很想問問外向者：

「到底有什麼好每天往外跑的？」

因此，性格截然不同的兩個人，初期或許相處融洽，但日子一久，便極可能難以消化彼此的差異。在小說或電影裡經常出現的反差型戀愛，也許就是在現實中幾乎不可能實現，所以才讓人格外嚮往。

—延伸學習—

我的戀人，是經過六次過濾的珍貴姻緣

我們在日常生活中會遇到許多異性，但最終只能選擇其中一人。在童話故事裡，獅子當場就決定要和女孩結婚，但農夫很快就予以回絕。之所以產生這種情況，是因為我們各自擁有不同的篩選標準，心理學家克克霍夫（Kerckhoff）和戴維斯（Davis）就曾主張：「我們在選擇人生伴侶時，會經過六次的過濾。」

第一階段，是時空上的遠近。也就是說，在所有對象當中，與我地理位置相近、實際上可以經常見面的人，有較高的機率結成姻緣。例如在韓國生活的英熙，比起和遠在西班牙的桑切斯交往，更有可能與住在自家附近的哲洙結婚。

第二階段是吸引力。亦即，戀愛的範圍縮小到被對方吸引、互有好感之人。雖然每個人看重的條件各不相同，但大多偏好外貌出眾、性格溫暖、能力優秀者。這層篩選，就像是就業時必須通過的書面審核，假如在此階段被淘汰，便只會留下「好人」的印象。

第三階段是身分背景。人種、年齡、職業、宗教、教育水平、社會階層等相似的人之間，有極高的機率互結情緣。換句話說，雙方所具備的條件必須相合，假如兩人的條件差異過大，相對優秀的一方很可能會產生「吃虧」的感覺。唯有通過以上三個階段的過濾，兩人才能正式開始交往。

第四階段是彼此意見的相容性，亦即雙方的人生觀和價值觀應該類似。不僅是政治、經濟、社會、文化等方面的觀點，就連什麼時候覺得好笑、什麼時候會生氣等，都應該要相似。假如兩人的意見容易達成共識，日後走入婚姻的可能性便會大增。此外，不同於前面三個階段是以外在條件為中心來擇偶，從第四階段開始，將著重於內在探索，透過深入的交往來檢視對方的心。

第五階段是互補性，唯有兩人能夠滿足彼此的需求、互相彌補缺點，才會下定決心步入婚姻。有人說這種互補性是「愛情的別名」，因為即使犧牲自己的欲望，也會盡力去滿足對方的渴求。

第六階段是婚前準備。通過前述五個階段，但最後基於各種現實條件而受到阻礙，就不可能順利結為連理。

當然，愛情的終點不一定是結婚，但如果愛上了某個人，自然而然就會產生「要不要和這個人結婚」的想法。

但是，要通過以上六個階段的過濾，比想像中還要困難。怪不得經常有人說：「我喜歡的人也喜歡我，這件事近乎於奇蹟！」

假如現在身邊有相愛之人，務必要好好地擁抱對方，因為他是通過重重的艱難篩選，最後在我心裡安頓下來的人。千萬不要被熟悉感蒙蔽，忘記了彼此的珍貴。

23

爛掉的蘋果不是問題，腐爛的箱子才是癥結

〈悲慘世界〉的史丹佛監獄實驗

甫入獄時，尚萬強是一名善良的青年，然而，在監獄裡度過的十九年漫長歲月，讓他對世界只感受到憤怒。

就算脫離監獄，也沒有地方願意接納尚萬強。好不容易，他輾轉找到願意收留自己過夜的米里艾主教；可是，對於這唯一一位願意伸出援手的恩人，尚萬強反倒偷了他的銀製餐具後逃跑。當警察把尚萬強押送到米里艾主教面前時，主教卻表示「尚萬強拿的銀製餐具是我送的」，甚至還問他：「怎麼忘了把銀燭臺一起帶走？」這起事件，讓尚萬強徹底被感化，決定洗心革面、過上新的人生。然而，前科犯尚萬強的這個名字，只會在社會上寸步難行，因此，他決定改名為「馬德廉」。

馬德廉將主教送給自己的銀器兌現，用那筆錢建置一座玻璃珠工廠，並且在幾經苦思後，終於想出了輕鬆生產珠子的方法。

後來，成為富商的馬德廉捐贈一百萬法郎給窮困的人民，對社會有極大的貢獻。隨著時間流逝，馬德廉愈來愈受大眾尊敬和喜愛，更獲選擔任市長。雖然馬德廉一開始予以婉拒，但是在市民們懇切的說服下，最終他點頭答應、擔起市長一職。

某天，馬德廉目睹賈維爾警官正打算逮捕一名女子，那名女子因為被喝醉的男子侮辱，所以才奮起抵抗。但是，賈維爾以女子攻擊傷人為由，試圖將她押走。

「等一下！」馬德廉喊道。

「賈維爾警官，請放了這名女子。」

「市長，您這是什麼意思？這名女子作惡多端，欺侮善良的市民。」

「這件事的原委我一清二楚，錯的是那名醉漢，請立刻放了這名女子！」馬德廉義正辭嚴地強調。

「市長，我並非隨意逮捕無辜的人。這名女子分明有罪，我不能放她離開。」

「你打算違抗上級的命令嗎？請立刻照我的話去做。根據法律，這起案件是由我來判決，我命令你即刻釋放這名女子！」

「可是……」

「我再警告你一次！」

馬德廉強硬的立場，讓賈維爾不得不放走那名女子。

讓我們來分析看看吧！在監獄裡待了很久的尚萬強，偷走了對自己施以援手的米里艾主教的銀餐具，一開始看起來絲毫沒有教化的可能。不過，後期的尚萬強不僅開設了玻璃珠工廠、被人民推舉為市長，甚至還能威風凜凜地命令警官。正所謂「時勢造人」，從心理學的角度來看，這樣的說法亦不無道理。

有一個知名的實驗與此概念相關，那就是美國史丹佛大學心理學家菲利普·津巴多的**史丹佛監獄實驗**（Stanford Prison Experiment）。

實驗內容如下：津巴多透過報紙廣告，徵選了二十四名一般民眾。接著，研究人員按照抽籤的結果，將受試者分為九名看守、九名囚犯和六名候補。

此外，二十四名受試者在實驗進行的兩週期間，每天都可以拿到十五美元（相當於現在的一〇八美元）的報酬；且只要他們表示「想退出」，就隨時都可以中斷實驗返家。但是，一開始計畫好的兩週實驗，在五天後就突然告終，當中究竟發生了什麼事呢？

實驗的第一天，研究人員在警察實際幫助下，以涉嫌武裝搶劫為由，逮捕了扮演囚犯的九名受試者。實驗參與者最初有些驚慌，後來意識到這是實驗的一部分，便沒有進行任何抵抗。接著，研究人員將他們帶到事先於史丹佛大學設置好的地下模擬監獄。

抵達監獄後，研究小組發給扮演囚犯的受試者囚服，每個人的胸前都標有編號。而扮演看守的另外九名受試者，則拿到了監獄官制服、哨子、警棍，以及能夠遮住臉部的太陽眼鏡等。

如今，囚犯們要開始坐牢兩週，而監獄官們則分成三個時段輪班，每個人工作八小時，在非值勤時段可以返回自家。隨著時間流逝，令人驚愕的情況逐一浮現。

實驗初期，受試者們對監獄官的角色略顯尷尬，但隨著時間過去，他們開始以管教為名，對囚犯施以侮辱性的體罰或暴力。起初，囚犯們會抵抗這些不合理的行為，但後來漸漸覺得自己是犯罪之身，理應受到教訓；後來，監獄官們甚至自行開會，討論「怎麼做才能有效讓這些囚犯屈服」。不僅如此，監獄官們以為深夜時段不會受到他人制止，所以還對囚犯們施以性方面的侮辱。結果在實驗的第三天，一名扮演囚犯的受試者就因為精神病發作，被緊急送往了醫院。

接著，在實驗的第五天，模擬監獄便宣告中斷。原因是津巴多的同事克莉絲緹娜·馬斯拉奇（Christina Maslach）到監獄觀摩時，目睹了非常可怕的場面——連主導實驗的津巴多也成為監視和觀察囚犯的第二看守。受到克莉絲緹娜的指責後，津巴多才意識到自己的行為有失，急忙結束了這場實驗。

即使是顏色鮮豔的蘋果，被裝在爛掉的箱子裡，也必然會跟著腐爛。當人類被置於特定情境中時，會無意識地認為自己屬於該情境，就此做出相應的行為。正如前文所述，不管是誰，只要表示自己想退出實驗，隨時都可以返家。但實際上沒有任何一個人喊停，反倒是投入了自己所扮演的角色裡。

這項實驗的結果也被稱為**「路西法效應」**（The Lucifer Effect）。路西法原本是上帝最信任的天使，然而，他嫉妒上帝擁有的權力，於是打算進行反叛。為了阻止路西法謀逆，米迦勒天使與路西法展開戰鬥，最後路西法戰敗、跌落地獄，成為了惡魔的首領。一般人普遍認為：「天使本來就是天使，惡魔原本就是惡魔。」但是，路西法卻從天使變成了惡魔；換句話說，任何人都有可能變成惡魔，證明了「時勢足以造人」。比起原本的性格，一個人身處的境地，會對他造成更大的影響。

讓我們再回到《悲慘世界》吧。尚萬強原本是位善良的市民，卻因為偷了一個麵包而淪為囚犯。在經過一番曲折後，他不僅當上市長，甚至還可以義正辭嚴地命令警官。假如尚萬強沒有成為市長，他還能對警官大聲說話嗎？也就是說，如果尚萬強是戴罪之身，還能反抗警官嗎？當然不可能。說不定在警官發現他之前，就先逃之夭夭了呢！

比起原本的性格，
一個人身處的境地，
會對他造成更大的影響。

—延伸學習—

若想不被形勢左右，就得學會控制局面

如同《悲慘世界》裡的尚萬強一般，「時勢造英雄」這句話，經常被使用在某人大獲成功之時。然而，這句話並非只有正面積極的影響。

在電影《看見惡魔》中飾演連續殺人魔的演員崔岷植，結束拍攝行程後曾透露「想盡快進入下一部電影」。那時，他全神貫注在《看見惡魔》的劇本裡，拍攝期間有一次搭乘電梯，某位大叔親切地詢問他：「你的祖籍是哪裡呢？」平時的他，應該會恭敬地回覆對方「我是全州崔氏」，但那天他格外暴躁，心想「這位大叔什麼時候見過我，憑什麼對我說半語？」於是，他直直地盯著大叔看了十秒，這才意識到：「啊，一直保持這種情感狀態，一不小心就會遭受非議。」在那之後，崔岷植便盡可能地不要過度投入到角色當中。

心理學家津巴多曾指出：「無論多麼善良的人，只要身處於惡劣的環境，就很可能跟著變得惡劣。」

與此脈絡相似，心理學上還有一個概念叫做「**破窗效應**」（Broken Windows Theory）。這項實驗是將中古車的其中一扇玻璃窗打破，然後把車子停靠在路旁；一週之後，研究小組發現，車子竟然已達到必須報廢的毀壞程度。

於是，在犯罪率偏高的紐約，市政府便反過來利用這項「破窗效應」，讓充滿塗鴉與犯罪事件的地區變得更適宜居住。透過專責小組的成立，紐約市努力清除遍布大街小巷的塗鴉，維持環境整潔。結果在一年之後，紐約的重犯罪率整整減少了百分之七十五，展現出驚人的成效。

就像這樣，人們會根據所處環境的不同而受到極大影響。因此，不論心靈的善惡，我們都必須了解環境可能帶來的衝擊，並盡可能不被形勢左右。

24

肯定，足以讓吊車尾成為第一

〈平岡公主與溫達〉的羅森塔爾效應

平岡公主發自內心地對溫達說道：

「溫達，你為人踏實、勇猛，只要努力的話，日後一定能成為將軍。」

溫達聽了公主的這番話，心底湧現一股難以言喻的情感。

「不能讓一直相信我的公主失望。」

此後，溫達就像變了一個人。白天他努力熟悉射箭和刀法，晚上則專心讀書。而這段期間，平岡公主也勤奮地照顧溫達買來的馬匹。

每年的三月三日，高句麗*有聚在樂浪之丘打獵的習俗，當天捕獲的山豬和野鹿，將會用來祭祀上天和山川諸神。這天，眾臣隨著王上外出打獵，而溫達也騎著公主飼養的馬匹加入了隊伍。

* 朝鮮古國。

在樂浪之丘上，溫達跑得比所有人都快，也捕到許多獵物，沒有人能追得上他。看到這幅情景的平原王將溫達叫到面前，特別稱讚了他。

某天，遼東地區爆發戰爭，溫達成為高句麗的先鋒部隊，砍殺了數十名敵軍。溫達的勇猛讓高句麗的將士們倍受鼓舞，紛紛與敵軍展開激烈的廝殺，於戰爭中大獲全勝。後來，所有人皆異口同聲地表示：「溫達在戰場上立下了大功！」平原王聞訊後覺得溫達非常了不起，對眾人說道：

「溫達是我的女婿。」

平原王不僅為溫達和公主賜婚、賦予重要的官職，對他的疼愛更是與日俱增。從此以後，平岡公主和溫達將軍過著幸福快樂的日子。

在〈平岡公主與溫達〉這則故事裡，主角溫達是所有人公認的傻瓜。一個受盡嘲弄的人，怎麼會一躍成為代表國家的將軍呢？在深入探究原因之前，讓我們再來看一段故事。

希臘神話中的雕刻家比馬龍因為厭惡女性，所以決定一輩子單身。然而，就在某一天，他雕刻出一名非常美麗的女子，甚至愛上了這座女子雕像。就像對待生活中的戀人一般，他為雕像穿上衣服、戴上寶石戒指，還在她的脖子上掛了珍珠項鍊。某天，比馬龍在阿芙蘿黛蒂的祭壇前懇切地祈禱：

「請一定要把那尊雕像賜予我為妻。」

阿芙蘿黛蒂被比馬龍的真誠打動，答應了他的請求。於是，比馬龍趕緊跑回家察看：原本冷冰冰的雕像，如今看似洋溢著生機。比馬龍摸了摸雕像，感覺到些許微溫；接著，他輕輕地吻了一下女子。霎時間，雕像轉化為人，望著比馬龍露出羞澀的淺笑。

比馬龍為自己心愛的雕像傾注全部的心血，然後誠心誠意地向神祈禱，最終成功讓雕像化身成人。在這個故事裡，我們學到了「迫切的渴望，將能使夢想成真」。

〈平岡公主與溫達〉、〈比馬龍〉這兩個故事有個共同點——有志者事竟成。

在〈平岡公主與溫達〉裡，公主對傻瓜溫達說：「你日後一定能成為將軍。」而溫達也相信公主的話，日以繼夜地努力，最後果真躍升成了威風凜凜的大將。

在〈比馬龍〉故事裡，主角將一座用石頭雕成的人像看作實際的戀人，他堅信「這座雕像即將獲得生命，並成為我的妻子」。透過懇切的祈禱，比馬龍最終實現了心願。

這種現象，在心理學上稱為**「比馬龍效應」**（Pygmalion Effect），而在教育學領域則冠上了心理學家的名字，稱為**「羅森塔爾效應」**（Rosenthal Effect）。

美國哈佛大學的心理學家羅伯特．羅森塔爾（Robert Rosenthal），與時任小學校長的萊諾爾．雅各布森（Lenore Jacobson），曾一起透過實驗，探討比馬龍效應在教育現場造成的影響。

兩人在美國舊金山的一所小學，為全校學生進行了智力測驗。接著，不論智力測驗的結果如何，他們都從各班裡隨機抽選百分之二十的學生列入名單，然後告訴老師們：「這些是智商非常高的孩子。」事實上，這份名單只是隨機編列而成，同時包含了智商高與智商低的孩子。但是，聽到這席話的老師們相信名單上的學生日後必定成績優秀，而這種信念也帶來了令人驚訝的效果。

約八個月後，羅森塔爾和雅各布森比較名單上的孩子過去與現在的成績，結果發現：他們的平均分數足足進步了二十四分。此外，列於名單上的孩子也較其他學生表現出更高的自信感。換句話說，**老師對學生的期待，在他們的學業成績上產生了積極正面的影響**。

「**霍桑效應**」（Hawthorne Effect）和「**安慰劑效應**」（Placebo Effect），也是與羅森塔爾效應相似的心理概念。

「霍桑效應」指的是**意識到自己正受到觀察時，行為就會跟著產生變化**。這一項心理學法則，最早是在哈佛大學心理學家埃爾頓．梅奧（George Mayo）的實驗中被發現。

研究小組為了調查工作環境與生產效率之間的關係，前往某間電器公司位於美國西部的霍桑工廠。首先，研究人員打算探討照明亮度對員工生產率的影響，於是將工廠內的照明調亮。實驗結果發現，廠內員工的生產效率明顯提高。經過一段時間，當員工們習慣明亮的環境後，研究人員再次把照明調暗。原本以為在變暗的環境裡，員工的生產效率理所當然會下降，但是與研究小組的預期不同，員工們的生產效率又再次上升。

除了照明亮度外，研究小組還陸續改變了工廠溫度、上班日、休息時間等條件，但員工們的生產效率卻持續增加。為了進一步了解為什麼不管工作環境如何改變，生產效率都還是直線上升，研究小組對員工們進行了訪談。調查結果發現，生產效率之所以提高，是因為員工們意識到「有人在觀察自己」。

另外，所謂的「安慰劑效應」，指的是**實際上沒有任何作用，但當事人根據心態的不同而感覺到療效**。這項心理學概念，是由法國的藥劑師兼心理治療師埃米爾．庫埃（Emile Coue）所發現。

某天，庫埃的朋友突然來找他求助：「我快要痛死了，現在時間太晚，沒有醫院看診，能不能幫忙開藥給我？」在沒有醫師處方箋的情況下，庫埃不能隨便開藥，經過一番掙扎，他選擇了善意的謊言。庫埃把對人體無害的葡萄糖類藥丸交給對方，然後叮囑道：「吃了藥之後會稍微好一點，明天早上趕快去醫院看診。」

幾天後，庫埃又碰到那位朋友，他嘖嘖稱奇道：「雖然不知道你開給我的是什麼，但藥效真的很棒，吃完後也不用去醫院了。」對此，庫埃大膽地提出假設：如果藥劑師在病人領藥時，告訴他們服藥後會好轉，病人在相信藥物的情況下，可能會透過自我暗示而讓病情獲得緩解。後來，相關的研究如雨後春筍般湧現，對醫學界產生莫大的影響。

「安慰劑效應」在第二次世界大戰時經常被使用，當時醫療人員因藥材量不足，不得已只好開出沒有任何療效的處方給患者。但令人驚訝的是，拿到這些處方箋的人，後來病情大多都有所好轉。之所以會產生這種現象，原因就在於患者的心理期待與信任，他們認為自己「已經獲得了治療，所以一定會康復」。

此外，有個趣聞也印證了上述的概念。某位遊客在參觀尼加拉瀑布時，覺得口渴就喝了一口瀑布的水，但就在他轉身的瞬間，看到告示牌上寫著「Poisson」。他以為自己喝到有毒的水，突然開始感到腹痛，彷彿腸子被融化了一般。其實，「Poisson」這個字在法語中是「魚」的意思，該名遊客誤以為是英語裡的毒藥「Poison」。

周圍的人急忙將腹痛如絞的遊客送往醫院，但醫生在聽完患者的陳述後，反而哈哈大笑地說道：

「先生，您看到的告示牌不是英語的『Poison』，而是多加了一個『s』的法語『Poisson』，指的應該是『禁止垂釣』。」

聽完醫生的解釋，他突然覺得肚子一點也不痛了，馬上就健健康康地出院返家。

迫切的渴望，
將能使夢想成真。

—延伸學習—

小心！別讓自己的言論引發汙名效應

人們的期待與信任，並非總能帶來積極正向的結果。在〈平岡公主與溫達〉的故事裡，每當公主哭泣時，平原王總會對她說：「你這個愛哭鬼，大概沒辦法嫁給士大夫，只能嫁給傻瓜溫達了！」最後，平岡公主也真的和溫達結婚。這種**平時經常接收到否定或負面暗示，以致於在不知不覺中出現負面行為**的現象，在社會心理學上稱為**「汙名效應」**（Stigma Effect，「Stigma」一詞起源於美國西部拓荒時代，當時人們為了證明家畜為自己所有，會在動物的屁股上以燒紅的鐵烙印蓋章）。

假如不斷對孩子說：「你真的覺得自己可以做到嗎？」、「你的能力不過才這樣」等負面言語，那麼孩子的自尊感就會明顯降低。站在孩子的立場，他們會覺得自己是個「能力不足的人」，行動力也會隨之下降。換句話說，負面的言語真的會化為現實。

印地安人有句俗諺：「無論什麼事，只要說一萬遍，最終就會實現。」亦即，就算只是無心之言，只要不停地反覆強調，最終都有可能變成現實。

如上所述，我們脫口而出的每句話，都有可能改變一個人的人生。因此，我們必須時時警惕，切勿讓自己的言論對他人造成「汙名效應」。

25

適當的賞罰
將左右一個人的未來

〈變成小偷的少年〉的增強與懲罰

有位男孩在學校偷了朋友的筆記本，還把它帶回家向母親炫耀。然而，母親非但沒有責備兒子，反倒對他的行為加以稱讚。幾天後，男孩又偷了一件外套，還帶回家送給母親當禮物，這次母親更是高興得讚不絕口。隨著時間流逝，男孩長大成為了青少年，開始偷取價值更昂貴的物品，但母親卻總是給予讚美。

某天，少年在偷東西時被逮個正著，警察將他的雙手上銬，交由死刑執行官押走。看到兒子被抓的模樣，母親捶胸頓足地痛哭了起來。

臨刑前，少年表示有話要對母親說，請求她到自己的身旁來。母親為了聽清楚兒子的聲音，把耳朵緊緊地靠上去。這時，少年突然用力咬住、撕裂了母親的耳垂，受到驚嚇的母親放聲尖叫。怒氣未消的少年對著母親大喊：

「假如你一開始有阻止我的話，我還會落到這般田地嗎？」

曾經有心理學家說過：

「假如給我十二個健康的孩子，並讓我有權決定他們的教養環境，我敢保證，不論他們的才能、興趣、性向、能力、素質或世代背景為何，我都可以培養出自己想要的類型，如醫生、律師、藝術家、商人，甚至是小偷。」

到底是誰敢說出這麼可怕的話呢？能如此充滿自信的原因又是什麼？上述這段話，意指單靠環境就可以將某人打造成自己期待的類型。由此可見，環境對人的影響是絕對的——**比起天生的本性，外部環境給予的刺激更會影響一個人的行為**，這種觀點稱為**「行為主義心理學」**（Behavioral Psychology）。而上述那段話，正出自心理學行為主義學派的創立者約翰．布羅德斯．華生（John Broadus Watson），他強調和「本性」相比，「環境」在人類的發展過程中佔有更高的重要性。

華生的理論是這樣的：假如孩子不喜歡吃豆類，但每次吃的時候，母親就會給予稱讚或餅乾當作獎勵，那麼最後孩子就會願意嘗試吃豆類。另一個例子，是孩子碰到想要的東西時便開始耍賴、哭鬧，這時，如果父母順從孩子的要求，他們就會認為「只要耍賴就可以獲得想要的事物」，於是更為變本加厲。

童話中的少年亦是如此。剛開始他偷了朋友的筆記本，但母親的反應卻是「真厲害」。換句話說，母親稱讚了兒子的行為，而稱讚對人類來說是一種報酬和獎勵。受到這種家庭教育的少年，很有可能根本不知道偷竊是錯誤的行為，反而還以為值得驕傲。這種現象，在行為主義心理學裡稱為**「增強」**（Reinforcement）。

「增強」指的是**當對方做出某種行動時，便對其提供報酬或獎勵，用以誘導後續的行為動機**。「增強」的種類有很多，其中**「正增強」**（Positive Reinforcement）與**「負增強」**（Negative Reinforcement）的概念如下：

所謂的「正增強」，指的是某人提出我喜歡的東西，引導我做出正確的行為，例如「考試成績進步的話，就提高零用錢的額度」；與此相反，「負增強」指的是將我討厭的東西去除，藉以誘導正確的行為，例如「考試成績進步的話，就可以不用去打掃廁所」。

與「增強」相對的概念是**「懲罰」**，亦即**減少特定行動、修正行為的方法**。懲罰也和增強一樣，分為**「正懲罰」**（Positive Punishment）與**「負懲罰」**（Negative Punishment）兩種。

所謂的「正懲罰」，指的是對方提出我不喜歡的事物，用以減少我的不良行為，例如「考試成績退步的話，就必須去打掃廁所」；相反的，「負懲罰」指的是剝奪我想要的事物，藉以減少不良行為的頻率，例如「考試成績退步的話，玩遊戲的時間就會縮短」。

行為主義心理學家們主張：「人類的行為取決於增強和懲罰。」並認為這樣的邏輯也適用於犯罪行為。例如少年把朋友的筆記本偷回家時，母親如果不是給予「真厲害」的增強，而是告訴他「這樣做不對」，並施以懲罰的話，少年日後或許就不會成為偷竊慣犯。可是，故事裡的母親稱讚了少年的行為，產生增強效果，導致少年經常去偷他人的物品。

行為主義理論亦可套用在「菸癮大的人該如何戒菸」、「該怎麼做才能成功減肥」等日常議題。

例如某人打算戒菸，於是約定好只要抽菸的話，就要繳交二十五元的罰款。不過，大部分菸癮重的人，可能都會有這種想法：「唉，乾脆就繳個二十五元抽根菸吧。」然後繼續過癮君子的生活。因為比起罰款二十五元，透過尼古丁獲得的精神滿足感更大。這種情況，就可以視為懲罰的強度不恰當。

假如把懲罰改成每吸一次菸，便會無條件遭受電擊呢？那麼即使有抽菸的欲望，也會因為懲罰的關係而感到猶豫不決。由此可見，若提高懲罰和增強的力道與即時性，就能在短時間內看到成效。因此，增強與懲罰也經常被用在犯罪預防或教化等方面。

那麼，難道人類的一切都取決於增強與懲罰嗎？行為與情感也單純只是學習的產物嗎？

實際上並非如此。人的內心有所謂「自由意志」，也就是人類可以決定自身的行為。由於我們都承認這項事實，所以會對犯罪者進行懲罰，因為當事人的所有行為，歸根究柢仍是出自個人的決定。

同理可證，故事中的少年也一樣，就算生長在一個讚許偷竊行為的家庭裡，少年也保有精神上的自由，可以選擇接受周圍正確的價值觀，決定自己要成為什麼樣的人。但是，少年放棄了這種權利，最終淪為一名偷竊慣犯。

當然，欲擺脫自己所屬的環境，就彷如打破世界般令人倍感衝擊，過程更是困難重重。但是，就像小說《德米安：徬徨少年時》（*Demian*）中形容的「鳥奮力衝破蛋殼」——若想獲得新生，就不得不摧毀一個世界。

人的內心有「自由意志」，
可以決定自身的行為，
可以選擇接受周圍正確的價值觀，
決定自己要成為什麼樣的人。

—延伸學習—

有過克服痛苦的經驗，就能承受住一切磨難

心理學家約瑟夫．沃爾皮塞利（Joseph Volpicelli）針對內在意志做了一項免疫訓練實驗（Immunization Training）：將幾隻老鼠分成三組，分別進行了不同的電擊測試。首先，第一組的老鼠不給予任何的電擊；第二組則是無條件會被電擊；最後的第三組，則是讓牠們學習「只要按下按鈕電擊就會停止」的內在意志。接下來，研究人員將三組老鼠聚在一起，然後放進可移動的箱子裡。

箱子以中央隔板區分為兩個空間，隔板的高度很低，只要老鼠有意願，隨時可以從所在的空間移動到另一空間。

接著，約瑟夫將箱子接上電流，讓老鼠不管在哪個空間都會受到電擊。這麼做的原因，是為了觀察在不管怎麼努力都無法改變現狀時，老鼠們會有什麼樣的反應。

實驗結果發現，從未受過電擊的第一組老鼠，剛開始會為了躲避電擊而移動到另

一個空間，但隨著時間過去，移動的比率也明顯下降。而先前持續受到電擊的第二組老鼠，移動的比率不僅更低，且隨著實驗繼續進行，數值也進一步下降。

但值得留意的，是曾經接受過訓練，懂得按下開關來避免電擊的第三組老鼠。這些老鼠們，從未停止從所在空間移動到另一空間，即使反覆測試了兩百多次，牠們也還是繼續移動。也就是說，「電擊是有方法避免的」的內在意志，讓老鼠們在被換到另一個箱子後也沒有放棄。

透過這項實驗可以得知，如果有藉由自身努力戰勝痛苦的經驗，日後即使遭遇其他難關，也不會輕易地屈服。

因此，往後如果遇到困難，不妨試著用內在意志去克服吧！假如曾經透過自己的意志讓情況好轉，那麼未來不管碰到什麼樣的考驗，都能像實驗中的第三組老鼠一樣，擁有再次挑戰的能量與勇氣。

國家圖書館出版品預行編目資料

給大人的童話心理學：解析童話裡的人性，66 則心理學破除愛情 × 職場 × 友誼的煩惱！/ 柳惠寅（류혜인）著；張召儀譯 . -- 初版 . -- 臺北市 : 日月文化出版股份有限公司，2023.09
288 面 ; 14.7*21 公分 . --（大好時光 ; 72）
譯自 : 심리학이 이토록 재미있을 줄이야
ISBN 978-626-7329-40-5（平裝）
1. 文學心理學　2. 童話
810.14　　112010903

大好時光 72

給大人的童話心理學

解析童話裡的人性，66 則心理學破除愛情 × 職場 × 友誼的煩惱！

심리학이 이토록 재미있을 줄이야

作　　者：柳惠寅（류혜인）
譯　　者：張召儀
主　　編：俞聖柔
校　　對：俞聖柔、張召儀
封面設計：之一設計工作室／鄭婷之
美術設計：LittleWork 編輯設計室

發 行 人：洪祺祥
副總經理：洪偉傑
副總編輯：謝美玲
法律顧問：建大法律事務所
財務顧問：高威會計師事務所
出　　版：日月文化出版股份有限公司
製　　作：大好書屋
地　　址：台北市信義路三段 151 號 8 樓
電　　話：（02）2708-5509　傳　　真：（02）2708-6157
客服信箱：service@heliopolis.com.tw
網　　址：www.heliopolis.com.tw
郵撥帳號：19716071 日月文化出版股份有限公司

總 經 銷：聯合發行股份有限公司
電　　話：（02）2917-8022　傳　　真：（02）2915-7212
印　　刷：軒承彩色印刷製版股份有限公司
初　　版：2023 年 9 月
初版五刷：2024 年 4 月
定　　價：380 元
I S B N：978-626-7329-40-5

生命，因閱讀而大好